さようなら、私 [新装版]

小川 糸

さようなら、私［新装版］

目次

恐竜の足跡を追いかけて

機内食は、とてつもなく不味《まず》かった。

チキンかフィッシュかたずねられ、一瞬迷った末にフィッシュと答えたのが間違いの始まりだったかもしれない。魚は得体の知れない代物で、質の悪いトイレットペーパーを口に含んでいるようだった。添えられている黄色いご飯は、サフランライスのつもりだろうか。ぶにょぶにょとして、食べれば食べるほど気分が滅入る。一縷《いちる》の望みをかけ手にしたパンもこれまたひどく、今どきこんなに劣悪なパンをどうやったら作れるのだろうと疑問になった。かろうじて普通の味がしたのは、サラダに入っていたプチトマトだけだ。

ほとんど手つかずのまま残してしまったトレーを前に、すっかり途方に暮れた。そして、この飛行機に乗ったのは誤りだったのだとはたと気づいた。来るべきではなかったのだ。もちろん、こうなった経緯はわかっている。あの時、行くなんて、言わなきゃよかった。今すぐ降りて、日本に引き返したい。

けれど飛行機は、韓国から中国方面へ向けて飛んでいる。前方の画面には、「天津」や「大連」といった、どこかで聞いたことのある地名が見える。目指すは、ウランバートルのチンギスハーン空港だ。

まさか、自分がモンゴルに行くなんて、つい十日前には想像もしていなかったのに。


「美咲！」

その日私は、三カ月ぶりに地元の商店街を歩いていた。私は、千葉にあるちっぽけな港町で生まれ育った。商店街と言っても、ほとんどの店がシャッターを下ろしている。

私の名前を呼ぶ声は、上の方から降ってきた。誰だろうと視線を向けると、ニッカボッカと呼ばれる作業着姿の男性が、私に向けて手を振っていた。けれど、土木作業員をしている知り合いなど思いつかなかった。逆光だったこともあり、全く誰だかわからない。面と向かってたずねるのも失礼かと黙っていると、

「美咲、俺だってば、ほら、同級生のナルヤだよ！　中学の時一緒に遊んでた」

電信柱にしがみ付いた格好のまま、相手が大声で話しかけてくる。

ナルヤって、あの高梨成哉君？　私は、えっ、と口を半開きにしたまま数秒間絶句した。

もちろん、ナルヤという人物は知っている。とてもよく知っている。けれど、私が知っているナルヤと、目の前で軽々と電信柱に足をかけているナルヤが、どうしても結びつかない。

「だって、ナルヤは一流企業に内定をもらったって聞いたけど……」

放心状態のまま、かろうじてそう声にするのがやっとだった。けれど、声が小さすぎてナルヤの耳には届かなかったらしい。

「もうすぐ休憩時間だから、チェリーガーデンで待ってて！」

ナルヤの口から、懐かしい喫茶店の名前が飛び出した。あの頃は憧れの対象だったその店が、かなり恥ずかしい響きとして聞こえてきた。

私は了解の意味を込めて、頭の上で両手を繋《つな》ぎ、丸の形にして示した。いきなりこんな所でナルヤと再会するなんて、過去にタイムスリップした気分だった。

十五分ほど待ったところで、ナルヤは顔中から汗をしたたらせ、チェリーガーデンにやってきた。顔というより、おそらく体中の隅々にまで汗をかいているのだろう。見ているだけで、もわっとした熱気が伝わってくる。私の気持ちを読んだのか、

「ちょっと汗臭いけど、我慢してください」

首からぶら下げた温泉タオルで、必死に額の汗を拭《ぬぐ》いながら私に近づく。

「それにしても、すごい焼けてるね」

もともとひ弱なタイプではなかったけれど、目の前で微笑《ほほえ》むナルヤは、明らかに人相が変わって見えるほどに野性的になっていた。私の記憶に残っているナルヤは、スポーツはできるが、清潔で爽やかな好青年というイメージだ。

「だって、土方だもん」

ナルヤは笑った。風貌は見違えるほどに変わっても、笑顔は相変わらず私の知っているナルヤだ。その瞬間、胸をぎゅーっとゴムで縛られたみたいに懐かしくなってしまう。

土方だからと答えたナルヤの言い方は、少しも自嘲気味ではなかった。そのことに、少しホッとした。人伝えに、ナルヤは大手の広告代理店に就職が決まったのだと聞いていた。その時、さすがナルヤだと思った。ナルヤは私が通っていた中学の生徒会長を務め、その後、県内でトップの県立高校に進学し、更に大学も一流の国立大学に入っていた。それが、土木作業員である。

聞きたいことは山ほどあったけれど、それよりも、私達はもっと大切な話題を口にしなくてはならなかった。そのことは、お互いに暗黙の了解だった。あの頃グループを作って一緒に遊んでいた仲間の一人が、この春、自ら命を絶ったのだ。安易に再会を喜ぶ気にはなれなかった。ナルヤは、ゴクゴクと喉を鳴らして一気にコップの水をあおると、ちょっとだけ涼しそうな顔になる。最初に口火を切ったのは、ナルヤの方だった。

「やっぱ、美咲も出席するんだ」

私が地元に帰ってきた理由を察したのだろう。

「ナルヤは？」

相変わらずナルヤと呼び捨てにすることに少し抵抗を感じながらも、たずねた。ナルヤがまだ水を飲みたそうにしているので、口をつけていない私の分のコップをナルヤの前に差し出す。

「うん、本当は出席するつもりだったんだけど、実は急に、里帰りすることになって。いろいろ準備しなくちゃいけないんだ」

里帰りという表現がいまいちピンとこなかったけど、祖父母の家でも訪ねるのかと思い、あえてそのことには言及しなかった。今ここで横道に逸《そ》れたら、一生そのことを話題にできない気がした。私達には、厳粛な気持ちで向き合わなければならない出来事が、目の前に大きく立ちはだかっている。

「急なことで、驚いちゃった」

本当は、そんな一言では言い表せないはずなのに。

「俺も」

「山田君とは、よく会ってたの？」

「俺の場合、高校も一緒だったしね。でも、お互い大学に行ってからは、ほとんど疎遠になっちゃって」

「私は、中学卒業してから、全然会っていないかも。いや、一回だけ、道端ですれ違ったかな。向こうが彼女連れてたから、目で挨拶しただけだったけどね」

「それが、山田に会った最後なんだ」

「そう、でも」

　自殺するなんてね、と心の中でつぶやくだけで、得体の知れない何かが込み上げてくる。同じ世代の人間が自らの意思で命を絶ったという事実は、二十二歳の私に、自分で思っている以上に大きなものを投げかけたのかもしれない。だから、この三カ月間、逆になるべくそのことから目を逸らして生活してきた。それに、山田君が命を絶ったという知らせは実家の方に連絡があり、電話を受けたのは母親だったから、私はまだ、誰ともこのことについて話していなかった。山田君のことを誰かと話すのは、ナルヤが初めてだ。

「俺も、最初聞いた時、すげーショックで。まさか、アイツが自殺するなんてさ。お通夜に行ったんだけど、あんまり辛《つら》くて、俺、結局顔も見てやれなかった。でも、なんで棺桶の中のアイツにちゃんと会ってやらなかったんだろう、ってすげー後悔したんだ」

　ナルヤは、汗なのか涙なのかわからないけれど、無造作にタオルで目じりを拭っている。

「私の方にも、お通夜の知らせが回ってきたんだけど、結局行けなかった。あれって、会社の入社式の前の日だったのよ。だから、駈けつけられなくて。それでお別れの会には出席しようかなと思って」

山田君は、これから社会人になるという数日前に自殺した。でも、お通夜にも葬儀にも、駈けつけようと思えば駈けつけられたのだ。本当は、面倒くさかった。ちゃんとした喪服も持っていなかったし、慌てて安物の喪服を買うのが嫌だった。

「俺達、あんなに仲良かったのにな」

私の心の内側を見透かしたように、ナルヤがか細い声を上げる。

「ほんと、私も自分のこと、すごく薄情な人間だって嫌になっちゃう」

そこまで話した時、ナルヤの頼んだバナナジュースが運ばれてきた。マスターは、きっともう私達のことなど覚えていないのだろう。七年後、一緒に遊んでいたメンバーのうちの誰かがいなくなっているなんて、当時は誰も想像していなかったと思う。山田君本人さえも。

ナルヤは、店にかかっている鳩時計の方をチラチラと見ながら、バナナジュースを一気に飲み込んだ。ストローも使わず、直接コップに口をつけ、吸うように飲み切る。

「ごめん、美咲、俺、もう現場に戻んねーと」

飲み終えたコップをテーブルに戻すと、早口で告げた。唇の端に、バナナジュースがついていた。

本当は、もう少しナルヤと一緒にいて、話がしたかった。けれど、私の方からナルヤを引きとめる理由が思いつかない。卒業アルバムを調べれば、実家の連絡先くらい書いてあったはずだけど。どうしようかと思ったその時、ナルヤは唐突に言ったのだ。

「もしよかったら、俺の育ての親に、会いに来ない？」

そして、店のマスターにペンを借りてくると、テーブルにあった少し湿った紙ナプキンに、自分の連絡先を書いて手渡した。

「これって、家の番号？」

「うん、ケータイ、持っていないから」

「まだ、持っていないんだね」

たくさんの意味を込めて、私は言った。ナルヤがわざわざ近所の公衆電話から私のケータイに電話をかけてくれたことをふと思い出したからだ。そして、次の瞬間、私は暗示にかけられたように、こう答えていた。

「行ってみようかな」

育ての親ってどういう意味？　とか、どこに住んでいるの？　とか、そんなこと何もたずねずに。私はナルヤの誘いに乗った。なぜなのか、自分でもよくわからない。私の中にたむろするこのどんよりとした景色を、ほんのちょっとでも変えたかったのかもしれない。それに、時間だけはたくさんあったし。

その時の私は、もうどうにでもなってしまえという気持ちだったのだ。私は大事なことを付け足した。

「だけど私、笑わないからね。もう、一生笑わないって決めたのよ」

このことを声に出して誰かに伝えたのも、ナルヤが最初だった。何日も前にそうしようと決めて、実際にその数日間、私は全く笑わずに過ごしていた。

ナルヤに馬鹿にされたり怒られたり諭されたりするかと思ったら、彼はあっさり、

「了解」

とだけ答えた。私の意図がきちんと伝わっていたのかどうか、それすらも曖昧だった。それからナルヤは大慌てで現場に戻っていった。

私はチェリーガーデンの窓際の席に残って、あの頃はまだ苦くて口にできなかったブラックコーヒーを飲みながら、ナルヤの後ろ姿を目で追いかけた。一体、私達の身に何が起きているのだろう。ナルヤは大手の広告代理店への就職をやめ、土木作業員になった。私は、学生時代からアルバイトをしてようやく正社員になれた出版社に、数日前、辞表を提出した。社会人として働いたのは、わずか三カ月足らずだった。やっぱり、私達の世代はダメ人間の集まりなのだろうか。せっかく努力して念願の編集者になれたのに、気がつくと、その職業を自分から手放していた。

でもまさか、ナルヤの育ての親がモンゴル人だったなんて……、全く知らなかったのだ。

山田君のお別れ会を早々に引き上げ、実家まで歩いて帰りながらナルヤにかけた電話で、私はそのことを初めて聞いた。

「モンゴル?!?」

初夏の遊歩道に、私の声が大きく響いた。

「そう、モンゴル」

「育ての親が、モンゴルにいるってこと?」

尚も納得できずに質問すると、

「詳しくは向こうで話すけど、俺、半分は遊牧民の血が流れているんだよ」

平然と、ナルヤは言った。

「遊牧民……」

あまりに驚いて、声が尻すぼみになってしまう。モンゴルとか遊牧民とか、想像もしていなかった単語がナルヤの口から次々に飛び出し、正直、この動揺をどう乗り越えていいのかわからなかった。けれど、ナルヤには私の心の揺れなどこれっぽっちも伝わっていないらしかった。

「夏場は、成田からウランバートルに行く飛行機が週に二便出てるから。俺は明後日の便を取ったんだ。美咲は、ちょうど一週間後くらいがいいんじゃない？　そうすれば、ナーダムにも間に合うし」

モンゴルも遊牧民もわからないのに、ナーダムなんてちんぷんかんぷんだ。けれど、今更ナルヤにやっぱりモンゴルだったら行けないとは言い出せない。ナルヤが、モンゴルや遊牧民を、とても慕っている気持ちが伝わってきたから。

「じゃあ、先に行って空港に迎えに行くから」

ナルヤは早々に電話を切った。やっぱり、いまだに電話で女の子と話すのは、苦手みたいだ。

それからはあっという間に話が進み、ナルヤは知り合いの旅行代理店に頼んで私の分の格安チケットを頼んでくれた。そして、一足先にモンゴルに出発した。私は、しぶしぶという感じで、スーツケースに荷物を詰め込んだ。

個人の海外旅行なんて初めてだし、もっと楽しい気分になっても不思議ではない。なのに、もやもやとした気持ちは消えなかった。誰かが、そんな所に行くなと真正面から反対の声を上げてくれたら、私はすぐにモンゴル行きを取りやめていたと思う。

けれど、心の片隅では、ずっとずっと、はるか遠い所まで行ってみたいと思っていた。

遠くへ行く、たったそれだけのかすかな希望を胸に、私は成田空港から一人で飛行機に乗った。けれど機内食は不味いし、後ろの席の子供は九官鳥のようにうるさいし、隣の席のモンゴル人男性は強烈な香水の匂いを放っているし、人生二度目となる海外への旅は、最悪中の最悪だった。

無事にイミグレーションを通過し、荷物を受け取り、空港の出口に向かうと、ナルヤが迎えに来てくれていた。最初、ナルヤだとはわからなかった。ナルヤが、てかてかと光沢のある生地でできた、ナイトガウンみたいな民族衣装を身につけていたからだ。

「美咲！」

そう大声で呼ばれて振り向くと、ナルヤが立っている。それがナルヤだとわかった瞬間、緊張の糸がほどけて、思わず一瞬、笑いそうになってしまう。私はしっかりと、自分の心をロックした。隙間風一つ、入らないように。

「びっくりしたよ。モンゴル人みたいで、全然わからなかった」

正直な感想を伝えると、

「だから、俺はモンゴル人でもあるんだって。それより、彼は俺の幼馴染《おさななじみ》で」

と言いかけ、隣に立っている小柄な男性を紹介する。

「イッショウノ、ヒミツです」

童顔でモヒカンの男性は、かなりたどたどしい日本語で自ら名乗った。

「一生の、秘密?」

意味がわからず聞き返すと、

「彼の名前は、モンフーノーツっていって、モンゴル語で、モンフーが一生、ノーツが秘密って意味なんだよ。かなり珍しい名前なんだ。だから、秘密君って呼んでる。今回、俺達を車でいろんな所に案内してくれるって」

秘密君は、ナルヤと違い、今どきの若者風のファッションだった。言われなかったら、日本人と区別がつかない。

「秘密君は今、音楽大学に通っているんだ」

ナルヤが教えてくれたので、

「美咲です。ナルヤの友達。どうぞよろしくお願いします」

私はゆっくりとした日本語で、秘密君に挨拶した。秘密君はその場で恥ずかしそうに笑い、それから私の持ってきた重たいスーツケースを軽々と片手で持ち上げる。

「車、向こうに停めてあるから」

ナルヤに続いて空港を出る。初めて見上げたモンゴルの空は、驚くほどに優しくて淡い。新生児のベビー用品の色に使われる水色のようだ。うっとりと空を見上げたまま歩いていた

ら、

「モンゴリアンブルーっていうんだよ」

ナルヤが口笛でも吹くような、軽やかな声で教えてくれる。

「モンゴリアンブルー」

私も口笛をくちずさむように言ってみた。

車に乗り込み、まずはナルヤの育ての親だという人達に会いに行く。

それにしても、ウランバートルという街は、想像していたよりもはるかに大都会だ。たくさんのスーパーマーケットがあり、街の中心部に近づくにつれて、大きな看板があちこちに立っている。中には、高級ブランドの看板もある。勝手に、もっと寒々しい街を想像していたから、予想外の驚きだった。

「みんな、おしゃれなんだね」

街を歩く人達は、背筋を伸ばし、黒と白を基調とした服をびしっと着こなしている。体にフィットするようデザインされたファッションが流行《はや》りなのか、スタイルのよさをより浮かび上がらせていた。

「今じゃ、デールを着てるなんて、ださいって感覚なんだ」

全開にした窓からの風を一身に浴びて、ナルヤが目を細めている。

「デールって？」

「今、俺が着てる民族衣装のこと」

「ナルヤに、似合ってると思うけど」

「美咲にそう言われると、なんだか嬉しいよ。胸の所がポケットになるから、何でもしまえて、遊牧民の暮らしには理にかなっているんだ」

ナルヤの口から放たれた言葉は、すぐに風に吹き飛ばされて過去のものになっていく。砂埃があまりにひどいので、ポケットからハンカチを取り出し、口と鼻をしっかりと押さえた。

「ウランバートルは、人口が増えちゃって、大気汚染が深刻なんだよ」

再び街並みに目を向けると、建物はパステルカラーで、どことなくヨーロッパの風景を見ているようだ。看板などに使われている文字が、ロシア語っぽいからかもしれない。その時、ナルヤが秘密君の方を向いてモンゴル語で何か話しかけた。

ナルヤがモンゴルの言葉を話すのを初めて聞いた。その姿を見て、ナルヤがモンゴルで育ったというのは本当なんだと、今更ながら納得する。

「ナルヤは、いつまでモンゴルにいたの？」

風の音がうるさくてなかなか音が聞こえないから、私は大声で話しかけた。

「それは難しい質問だなぁ。実際は、ずっといたっていうよりも、行ったり来たりしていたんだ。かいつまんで説明すると、俺のお袋は、昔、モンゴルの薬草について調べていて」

「あのナルヤママが？　今、大学の先生だよね」

ナルヤの母親は、私達同級生の間でもかなり有名な存在で、特に男子は、授業参観があるたびにナルヤの母親を盗み見るのを密かに楽しみにしていたのだ。

「そう、今、あんなんなっちゃったけど。当時はまだモンゴルは社会主義の時代だったから、そう簡単には入国させてもらえなかったみたい。でも、これと決めたらまっすぐに突っ走る人だから、観光の目的だと偽って、ちょくちょくモンゴルに通ってたらしいんだ。それでも自由に好きな場所になんて行けないから、常にガイドという名の監視付きの旅行だったらしいけど。でも、だんだんガイドさんと親しくなって、決まったコースじゃない場所にも連れて行ってもらえるようになったんだって。それである日、遊牧民と恋に落ちて、俺が出来たってわけ」

「すごーい。おとぎ話みたい。それって、ナルヤママから直接聞いたの？」

「そりゃ、まぁ。そのこと知ってるの、本人しかいないし」

「じゃあ、これから会いに行くのは、その、ナルヤのお父さんのご両親ってこと？」

「いや、それがまたそうではなくて。当時は、携帯電話なんてなかったでしょ。遊牧民っていうのは、移動しながら暮らしている人達だから、次の年に探しに行ったんだけど、どこか別の場所に引っ越しちゃってたみたいで、会えなかったんだって。それで、今から会いに行くのは、その俺の父親とは関係なく、お袋がモンゴルに来るたびにすごくよく面倒を見てくれた夫婦なんだ。お袋は俺が生まれてからも、モンゴルに通ってて。俺が三つか四つの時かな。モンゴルが民主化して。

幼稚園の頃は、お袋がこっちに来るたびに一緒に来て、その夫婦の所にホームステイさせてもらってたわけ。小学校に入ってからも、春休みと夏休みと正月休みは、必ずモンゴルで過ごしてた。そのうち、俺が一人でも飛行機に乗れるようになると、もう付き添いなしに一人で来て。その頃、秘密君なんかとよく遊んでたんだ。秘密君は、これから会う俺の育ての親の次男の息子で」

「本当にナルヤはモンゴルで育ったんだね！」

驚愕《きょうがく》の意を込めて強調すると、

「だから、俺には、遊牧民の血が流れているんだってば」

ナルヤも、声を張り上げる。そのうちに、車は未舗装のガタガタ道を走り始めた。体がぴょんぴょんと跳ねるほどの揺れで、会話もできない。私は、しっかりと車の手すりにしがみついた。低い丘のような山が延々と続き、走っても走っても、景色が一向に変わらない。外を見ていると酔ってしまいそうだったので、目を閉じる。秘密君は、構わずに悠然とハンドルを切り続ける。道路があるわけでもないのに、車は目的地へ向けて一心に走り続けていた。道に迷っているのかな、と不安に思ったけれど、どうやらそうでもないらしい。

「ここで一回、休憩しよう」

ナルヤの声で、我に返った。

「美咲、よく寝てたね」

自分では眠っているつもりなどなかったけれど、もしかしたら気づかないうちにうとうとしていたのかもしれない。車の揺れで、内臓が完全にシャッフルされている。

「外に出ると、気持ちいいよ」

ナルヤに言われて車のドアを押し開けたとたん、冷たい空気が頬に触れた。

「寒いねー」

外に降り立ち、両手を伸ばして深呼吸する。

見渡す限りの、大草原だ。来る場所を間違って、月の表面に立っているようだった。私達以外、どこにも人がいない。太陽は、さすがにもうすぐ沈むのだろう。辺りは、薄暗くなっている。

「ほら、あそこに羊の群れがいる」

ナルヤが、遠くの丘を指差した。けれど、私にはよくわからない。

「白と黒のまだらになっている固まり」

ナルヤが指差しているのは、本当にはるか遠くの一点だ。

「今、男の子が羊達を追って、自分ちの柵に入れようとしているんだよ」

「よく見えるねぇ」

私はここ数年で、すっかり視力が低下した。

「美咲も、こっちにいて遠くを見てると、目がよくなるよ」

「それより、あとどのくらいで到着するかな？」

そろそろ、トイレが限界なのだ。

「うーん、その質問は、モンゴル人には通じないんだなぁ。なるようにしか、ならないから」

「でも」

私が言い淀むと、

「もしトイレだったら、どっちみちここは青空トイレだから、その辺にしちゃって構わないから」

ナルヤが爽やかな笑顔を浮かべて答えた。その言葉を聞いた瞬間、さっきまであんなに行きたかったのに、急に尿意が引っ込んでしまう。

「だってその辺って言っても、丸見えじゃない……」

向こうの丘を越えるには、だいぶ時間がかかってしまうだろう。

「いや、そうでもないいんだよ。真っ平らに見えるけど、微妙な起伏があるから、意外と見えないんだ。俺も秘密君も違う方を見てるから、平気だよ。これからまた、ガタガタ道を走るよ」

「わかった」

私はしぶしぶ丘の方を目指して歩き始めた。ナルヤはその辺でして平気と言ったけれど、やっぱり抵抗がある。越えられるなら、丘の向こうまで行ってからしようと思った。けれど、行っても行っても丘は近づかない。後ろを振り向くと、車からだいぶ遠ざかっている。その近くに、ナルヤと秘密君二人のシルエットがかすかに見えた。

どうやら二人は、じゃれ合って相撲を取っているらしい。二人の歓声が、大草原に響き渡った。私は、草むらの中にある小さな穴のような場所を見つけ、そこで用を足した。見上げると、空がピンク色に染まっていて、一番星が光っていた。子供の頃以来の青空トイレは、思った以上に快適で、気持ちよかった。再び車に乗り込み、ナルヤの育ての親の家を目指す。

車の中から外を眺めていた時だ。

「うわぁ」

驚いて、思わず変な声を上げてしまう。

「どうかしたの？」

ナルヤが後ろを振り向いた。

「今、死体が転がってたのよ。半分、白骨化してたけど」

一瞬しか見えなかったけれど、かなり大きな生き物だった。それが、無造作に大地に転がっている。たとえば東京の渋谷でそんなことがあったら、大騒ぎになるだろう。

「さっきのは、オスの馬だね」

ナルヤはそう言って、今度は秘密君にモンゴル語で話しかける。二人は、ゲラゲラと笑った。そしてナルヤはまた私の方を振り向いて、

「もし美咲が見たかったら、さっきの所まで戻るって言ってるけど」

と付け加えた。

「大丈夫」

ナルヤではなく秘密君の方を見て強調した。見たいわけではない、ただ驚いたのだ。

「あぁやって、生き物はみんな、死んだら土に返っていくんだよ。今は火葬が流行ってるけど、一昔前までは、人間もみんな、あんなふうに大地に置かれて、自然に戻されたんだ。美咲は、チョウソウって聞いたことない？」

「チョウソウ？」

「そう、鳥に葬るって書いて、鳥葬。俺も、できれば死んだらそうしてほしいと思ってる。でも今は、人間の食べ物にも防腐剤とかいろんな添加物が入っているだろ？　だから、鳥も食べてくれないって話だよ」

私は、自分が死んでからのことなど、まだ考えていなかった。

「でも、それってなんか、いいかもね」

初めて動物の亡骸《なきがら》を見た時はぎょっとしたけれど、あんなふうにあっけらかんと最期を迎えられたら、それはそれで幸せかもしれない。少なくとも、山田君みたいな最期を迎えるよりは、という気持ちが、ふわっと風のように胸の隅をよぎっていく。

山田君は、電車に飛び込んで死んだ。きっと、体も顔もぐちゃぐちゃに千切れていただろうと想像しそうになる。それよりもずっと、馬の死体の方が健やかに思えた。でも、山田君のことはナルヤに言わなかった。もしかしたら、ナルヤもナルヤで、同じようなことを考えていたかもしれないけれど。

「もうすぐ着くって」

秘密君がモンゴル語で言ったのを、ナルヤが訳してくれる。もうほとんど陽が暮れかけている。ここには、道を照らす街灯など存在しない。そもそも、道自体がないのだ。夜になって真っ暗になったら、さすがに車の運転は無理だろう。目印もなく、地球の上を彷徨《さまよ》うようなものだから。

車は、ある所でいきなり止まった。目の前に、白いテントで覆われた円錐形の建物がぽつんと一つだけ建っている。きっとこれが、ゲルと呼ばれる折り畳み式の住宅なのだろう。

車の音を聞きつけたのか、ゲルから中年の女性が現れた。続いて、中年の男性も現れる。車から降りたナルヤを見るなり、二人は興奮気味に声を上げ、背の高いナルヤに抱きつくような格好でしっかりと抱擁した。本物の、家族のように。いや、本物の、家族以上に。私はその温かい輪の中に入りそびれてしまい、薄暗い草原にぽつんと一人だけつっ立っていた。

ようやくナルヤが私の存在に気づいて手招きする。

「美咲！」

大声で呼ばれて近づくと、ナルヤはモンゴルの育ての親に、私のことをモンゴル語で説明したらしい。

「ヨウコソ」

舌足らずな日本語でお父さんが言い、続いてお母さんが私の頬っぺたを両手で挟んだ。

「寒くなってきたから、中に入ろうって」

ナルヤが、ゲルのドアを開けてくれる。背を縮めるようにしてドアをくぐると、中は真っ暗だった。外の方がまだ明るい。唯一、天窓だけがすっぽりと丸く空いていて、濃いブルーの澄み渡る夜空が見渡せる。私は単純に、これが家なんだということに、驚いていた。けれど、外から見るよりも、中に入った方がずっと広く感じられる。

「美咲が来たことを、両親もすごく喜んでるって」

暗闇の中かろうじて見えるナルヤは、髪の毛を手で整えている。すぐにお母さんが器に入った温かいお茶を出してくれた。お父さんが、手を伸ばしてパチンとスイッチを入れると、天井から吊るされた裸電球に光が灯《とも》る。日本でいう豆電球くらいの大きさの、小さな明かりだった。きっとここでは、電気がすごく貴重なのだろう。渡されたお茶は、薄いミルクティのようで、ほんのりと塩味が効き、お茶というよりもスープのようだ。

その後、お父さんは興奮気味にモンゴル語で何かを熱心に話していた。どこからかお酒の瓶を持ち出してきて、ナルヤにふるまう。秘密君は、気がつくといなくなっていた。さっきの話だと、秘密君は、ナルヤの育ての親の孫ということになる。

私にもお酒の入ったコップが回されてきて、一口飲んだら、お腹の中で火の玉が破裂しそうになった。

「こっちの人達は、アルヒって呼んでる。要するに、ウォッカだね」

ナルヤは足をくずして胡坐《あぐら》をかき、すっかり我が家のように寛《くつろ》いでいる。お母さんは、べッドの上にまな板を置いて、薄暗い中で料理を作り始めた。すかさずナルヤが立ち上がり、ストーブの燃料に火をつける。ゲルの中が、急に温かくなった。お酒を飲んですっかり気分を良くしているらしいお父さんは、自分で手拍子を叩きながら、何か歌をうたい始めた。

ところどころ、ナルヤも一緒に歌う。私は、いまだに舌の上に残るアルヒの余韻を味わいながら、ぼんやり浮かぶ家族三人のシルエットを、ただじっと見つめていた。お母さんは、さっきから熱心に、何かの野菜を刻んでいる。

さすがに移動で疲れていたのか、ナルヤに体を揺すられてハッと気がついた。どうやら、座ったまま寝てしまっていたらしい。

「美咲、ご飯出来たって」

辺りは、さっき以上に真っ暗になっていた。一応豆電球はついているのだが、ほとんど用をなしていない。目をこらしてよく見ると、小さなテーブルに食事の準備が整っている。なぜか私の分のご飯だけ、おっぱいのように丸く型抜きされ、その中央に赤いケチャップが乳首みたいに添えられていた。ご飯でできたおっぱいを取り囲むように、肉の炒め物のようなおかずが盛りつけられている。ふと見ると、炒め物がよそわれているのは私とナルヤだけで、お父さんとお母さんはご飯だけだ。

機内食をほとんど残したので、お腹はかなり空《す》いていた。けれど、一口炒め物を食べたとたん、食欲がなくなった。お母さんが無理して作ってくれたかと思うと、切なくなる。

片手で持ち上げるのには重たく感じられるほどにたっぷりとよそわれたご飯とおかずを前にして、途方に暮れそうだった。

「ふだん遊牧民の人達ってほとんど野菜を食べないんだけど、今日は俺達が来るからって、わざわざ隣の町まで行って野菜を買ってきてくれたんだって」

私がのろのろと箸を運ぶ横で、ナルヤは豪快にご飯をかき込んだ。

「野菜、食べなくて平気なの？」

小声で囁《ささや》くように聞くと、

「お父さんのお父さんなんか、一生、一度も野菜を口にしないで死んでいったらしいよ。その分は、動物の内臓を食べたり、チーズとかヨーグルトの乳製品で補っているんだ。食べている時に言うのもなんだけど、肉の繊維があるから、不思議と、こっちの人達は便秘にもならないんだよ」

ナルヤが教えてくれる。

「一生野菜を食べないで人生が終わるなんて、信じられないかも」

ナルヤと話していたら、なんとか半分くらいは食べることができた。何の肉だかはわからないけれど、肉自体に独特の臭みがあって、それがじゃが芋や玉ねぎなど、他の野菜の味の邪魔をする。肉だけ残せばそれ以外は食べられそうだったけれど、暗くてよく見えない。もうこれ以上は食べられず、かと言って半分残したままテーブルに戻すわけにもいかずに困っていると、

「美咲、もしかしてもう腹いっぱいになっちゃった？」

ナルヤが助け舟を出してくれた。

「さっき、機内食を食べすぎちゃったみたい」

嘘をついて、適当にごまかす。

「じゃあ、こっちにもらおうかな」

ナルヤは明るく言って、私の器を手に取った。ふと顔を上げると、お父さんとお母さんが私の方をじっと穴が開くほどに見つめていた。私のついた嘘を見透かしているようで、急に後ろめたくなる。

「ご馳走様でした」

そう声に出して言いながら、空っぽになった器をテーブルに戻した。

ナルヤが食べ終わると、お母さんは手際よく後片付けを始めた。どうやらみんな、寝る準備を始めたらしい。お父さんも、着替え始めた。私は、歯を磨くために外に出た。

太陽の余韻もすでに消え去り、空は濃紺の闇になっている。そこに散らばる、無数の星々。

星って、こんなにもたくさんあったんだ。東京の夜空では、それらが見えていなかったのだ。何か、心の表面を覆っていた膜のようなものが、一枚、ぺろんと剝《む》けた気がした。

　ゲルから少し離れると、より一層夜空が際立つ。ちょうどゲルからナルヤが出てきたので、私は大声で話しかけた。

「すごいね、こんな星空、見たことないよ」

「そうそう、ずっとこっちにいると見慣れちゃうんだけど。日本から来たばっかりで見ると、圧倒されるよね」

　夜空を見ているだけで、心が空っぽになる。体が少しずつ、砂のような細かい粒子となって、星達の隙間に紛れていくようだ。私は、何かに導かれるようにふらふらと辺りを彷徨い歩いた。あまりにも興奮して、目が回りそうになる。

「あんまり遠くに行くなよ！」

　背中で、ナルヤの声がした。

「わかってるよー」

　曖昧に返事をしながら振り向くと、思っていた方向と全然違う場所に、ぽつんと、ゲルのシルエットが小さく浮かび上がっている。

　その場にしゃがみ、歯を磨く。成田から、確か四時間半だった。たったそれだけの時間で、こんな大自然の真ん中まで辿《たど》り着くのだ。そのことが、ものすごく不思議に思えた。ペットボトルの水で口をすすぎ、その場で、モンゴルに来て二回目の、青空トイレを試みた。

シャーっと豪快におしっこをしながら見上げる夜空は、最高だった。辞めたばかりの会社の上司に、そのおしっこをかけてやりたい気分だった。

ゲルに戻ると、すでに全員、寝る態勢に入っていた。ナルヤは、食事をしたテーブルを脇の方に寄せ、そこに寝袋を広げている。私も寝袋かと思ったら、お母さんが自分のベッドを空けてくれた。お母さんは、お父さんと同じベッドに身を寄せている。慌てて適当な服に着替え、布団に潜った。思いっきり、獣の臭《にお》いがする。

「おやすみなさい」

低い声でそう言って、ナルヤが豆電球の明かりを消す。寝そべってみると、ベッドは微妙に曲がっていた。こんなベッドで、きちんと眠れるのか不安だった。それに、一つのベッドで寝ているお父さんとお母さんが、少し気になる。二人の正確な年はわからないけれど、それほどまだ年を取っていない。いい雰囲気になってしまったらどうするのだろう、そう思ったら、自分までちょっとそわそわした。でもそれも、最初のうちだけだった。やがて、風がゲルのテントをなびかせる音を子守唄に、眠りについていた。そして気がつくと、朝になっていた。

どうやらまだ、誰も起きていないらしい。私は、なるべく音を立てないよう気をつけながら、そっとゲルを抜け出した。ちょうど、東の空から太陽がのぞくところだ。朝日の眩《まぶ》しさに目を細めながらゲルの周りを一周すると、昨日は気づかなかったけれど、私の泊ったゲルの脇に、もう一つ別のゲルが建っている。脇と言っても、二百メートルか三百メートルは離れている。ふらふらとそっちの方に歩いて行ったら、馬の世話をする秘密君と会った。

「おはよう」

後ろからそっと声をかけたら、

「よく、眠れ、ました、か？」

たどたどしい日本語で話しかけてくる。

「はい」

短く答えると、秘密君はにっこり笑って、また馬の世話に戻った。頭のてっぺんに生えている毛を指でほぐし、それを三つ編みにして結んでいる。そんな馬のヘアスタイルを、日本では見たことがない。物珍しくて秘密君の手元に見入っていると、

「ウマ、きれいね」

自信のなさそうな頼りない声で、また私に話しかける。同意する代わりに、私はうっとりと目の前の馬を見つめた。本当に、馬は美しかった。特に、瞳が。真っ黒で、一点の曇りも

なく、すべての真実を見抜くような。それでいて少しも批判的でない、優しい優しい眼差《まなざ》しを浮かべている。

秘密君に英語が通じるのかどうかわからなかったけれど、よい一日を、と英語で言ってみた。意味がわかったのか、秘密君はその場で片手を上げて微笑んだ。ゲルに戻ると、お母さんが起きていて、すでに私が使ったベッドの布団をきれいに畳んでくれている。ナルヤとお父さんは、まだぐっすりと眠っていた。血は繋がっていないはずなのに、どことなく、二人の寝顔が似ているから面白い。

お母さんが、ミサキ、と呼ぶので外に出てみたら、バケツを持って立っている。昨日はわからなかったけれど、近くに川が流れているらしい。そこまで、水を汲《く》みに行こうと誘っているようだ。

川まで歩きながら、お母さんがそっと手を繋いでくれた。実の母親と最後に手を繋いだのはいつだっただろう。私がちょうど中学生になるタイミングで、母は今の旦那さんと再婚した。そのことで、私と母は気まずくなった。何の疑いもなく無邪気に母の手を繋いで歩けたのは、だいぶ昔の、まるで生まれる前の前世での記憶のような気がした。

近いと思った川は、見た目よりもずっと遠かった。逃げ水のようで、歩いても歩いても、その分だけ遠ざかるように錯覚する。言葉が通じないので、お母さんと手を繋いだまま、無言のうちに歩いた。太陽を背にして歩いているので、背中がじんじんとしびれるように熱くなる。今年はモンゴルも異常気象で、最高気温が四十度にもなっているそうだ。朝でさえこうなのだから、日中はどれだけ暑くなるだろうと想像すると、先が思いやられてしまう。

ようやく川まで辿り着き、柄杓《ひしゃく》で水を汲んだ。日本の生活では、よっぽどの清流でもない限り、川の水を汲んできて使うなんて、ありえない。でもこれが、モンゴルでは普通なのかもしれない。上流で誰かが川の水を汚す行為をしたら、その水を使って暮らすすべての人々の生活に影響が出る。けれど、見る限り水はきれいだ。

真ん中に一番大きいタンクを置いてお母さんと二人で持ち、それぞれ空いた手に一つずつ小さいバケツを持って、合計三つの容器を運んでいたら、向こうからナルヤが慌てた様子で走ってくる。大声でお母さんに向かって何かを言うと、お母さんは立ち止まって、足元にバケツを置いた。同じようにして待っていると、ナルヤが私達の運んできたバケツをすべて持ち、一緒に歩き始めた。

「重たくないの？」

心配してたずねると、

「そのために日本で土方をやって、鍛えてるんだから。なんの、これしき！」

歯を食いしばって力むように言い、早歩きする。その姿を見て、お母さんが笑う。私も、つい、うっかり、笑ってしまいそうになって顔の筋肉を引き締めた。

視界には、木一本見当たらず、天空を太陽が移動する様が、そのまま見渡せる。太陽の光を遮る物は何もなく、唯一ゲルだけが、影を生み出している。

ゲルに戻ると、ようやくお父さんが起き出していた。お母さんとナルヤが二人がかりでドラム缶のようなストーブを外に運び出し、さっそくそこに鍋をかけ、汲んできたばかりの水を沸かす。ゲルの陰に身を寄せるようにして、お母さんと二人、並んでお湯が沸くのをじっと待った。

出来立てのミルクティとビスケット、乾パンなどで、簡単な朝食を済ませた。椅子やテーブルを外に運び出して食べるので、ちょっとしたピクニックのようだ。目の前を、羊と山羊の群れが通って行く。馬に乗ってその群れを動かしているのは、秘密君だ。さっき三つ編みにされていた馬とは違う、別の黒い馬に乗っている。暴れ出そうとする馬を、何度もムチで叩いて調教する。

「あぁやって教え込まないと、馬になめられて振り落とされるんだ」

ナルヤは、ビスケットにたっぷりのジャムを塗って食べていた。

「ナルヤも、馬に乗れるの？」

私も、もそもそとした食感のビスケットを口に含みながら、ナルヤにたずねる。昨日あまり食べられなかったので、さすがにお腹が空いている。このビスケットなら、日本とそんなに味が変わらないから食べられそうだ。

「馬鹿にされちゃ、困るんですけど」

私の言葉に、ナルヤが口を尖《とが》らせる。

「だって、馬に乗るなんて、難しくない？」

ずいぶん距離が離れてからも、秘密君が必死に馬を御する音が響いてくる。

「こっちの人達は、ほとんど物心つくかつかない頃から、子供を馬に乗せるんだよ」

「物心つくって、五歳とか？」

私が質問すると、ナルヤは両親に早口のモンゴル語で何かをたずねた。

「俺は、四歳から乗ってたみたい」

「四歳って、まだ赤ちゃんじゃない」

「でも、早い子だと、三歳から乗せるって」

「すごいね。でも、落馬したり、するんでしょう？」

「うん、それで体が不自由になる子とかもいるんだけど、それはだいたい百人に一人だよ」

そんな話を聞いて、急に怖くなった。

「でも、最近は美咲みたいに心配する親が増えて、都会の子供達は、馬に乗れなくなっているんだって。遊牧民なのに、馬に乗れないなんて変な話だよね」

「じゃあ、移動はどうするの？」

素朴な疑問だった。けれどナルヤは、

「今は時代が変わって、遊牧民でも、馬より車に乗りたがるんだ」

少し不満そうな表情を滲《にじ》ませる。そして、

「ほら、あそこにバイクがあるでしょ」

と、日本語だからわからないはずなのに、両親に聞こえないようにという配慮か、声を小さくしてある方向を指差した。確かに、ビニールシートに覆われたバイクが置かれている。草原とバイクの組み合わせが、いまいちピンとこなかった。

「二十年前に民主化して、こっちの人も、日本と同じで、お金が大事って価値観に変わったんだ。今では、遊牧民になりたがらない若者が増えて、どんどん都会に集まってきているよ。それで、都市が過密状態になっているんだ。ゴミ問題とか、大気汚染とか、すげー深刻だし。まだここにはないけど、テレビも普及しているから、翌日の天気もテレビの天気予報で見るようになってきているんだ。もともと遊牧民は、自然を見る目が優れていて、何年も先の草の状態を見極めながら移動したり、空や大地や生き物達から、あらゆる情報をキャッチして、生活に取り入れているって言われていたのに。それで、うちのお袋は短気だからそういう遊牧民に嫌気がさして、モンゴルから遠ざかっちゃった。でも俺は、まだまだ希望を捨てていないんだけどね」

そこまでナルヤが言ったところで、お母さんがナルヤに話しかけた。それからナルヤは、その言葉を直接は私に伝えずに、

「この後、二人でどっか行って来いって」

と、少しぶっきら棒に言った。ナルヤのその態度を不審に思っていると、

「どうやら、両親が二人とも、俺と美咲の関係を勘違いしちゃってるみたいで……」

ばつが悪そうにうつむいてしまう。確かに、どこの両親だって、年頃の息子が家に女の子を連れてきたら、勘違いしても仕方がない。そのことに関して、全く思いが至っていなかったかというと嘘になるけれど、ナルヤの前ではあえて何も考えていなかったふりをした。

「どっか、って言っても、ここにはだだっ広い草原しかないんだけどさ」

決まりが悪そうにナルヤが言うので、

「ちょっと散歩でもしようよ。あそこの丘の上まで、行ってみたいし」

私はつとめて明るく言った。私の言葉を受けて、ナルヤがお母さんに何かを告げる。

お母さんは、私におやつ袋を持たせてくれた。中に、飴《あめ》やビスケットなどがたくさん入っている。帽子を被《かぶ》って外に出ようとしたら、お父さんが私を呼び止め、慌てて顔にクリーム

を塗ってくれる。どうやら、日焼け止めのクリームらしい。

「ここんちは男子しかいないから、女の子が来て、お父さん、浮かれちゃってるんだ」

恥ずかしそうに、ナルヤが言う。そう話しているナルヤの頬っぺたにも、お父さんは必死に日焼け止めクリームを塗りたくった。

「俺はいいって」

顔をそむけるナルヤをからかうように、わざとたっぷり顔につける。ナルヤが両手でクリームをのばすと、薄化粧したお稚児さんのようになった。この顔で口紅を塗ったら、完全にオカマになってしまう。

「この香料が嫌いなんだってば」

ナルヤがオカマ顔でぶつぶつと不服を言う。その様子を、お母さんが家事の手をとめて、嬉しそうに見つめている。外に出ると、更に日差しが強くなっていた。

丘に向かって歩いていると、誰かが頂上で片手を上げている。目をこらしてよく見ると、さっきまで暴れ馬を操っていた秘密君だ。

「あれは、何かお祈りをしているとか？」

真面目にたずねた瞬間、アハハハハ、とナルヤはさも可笑《おか》しそうに笑った。

「何？」

「だって、美咲が変なこと言うから」

「儀式か、何かなんでしょう？」

頂上に立つ秘密君は、まるで写真のようにポーズが決まっている。

「美咲は、何だと思ったの？」

「あそこに立つと、大地のエネルギーをもらえるとか、そういう神聖な」

答えるそばで、またナルヤが笑う。すぐに、答えを明かしてくれた。

「あそこだけ、ピンポイントでケータイの電波が入るんだ」

「えーっ」

まさかモンゴルの大草原でも、携帯電話が通じるなんて。

「もしかして、日本からのケータイも使えたりする？」

「多分、大丈夫なんじゃない？」

「なら、私も持ってくればよかった」

もしかしたら、日本から連絡が来ているかもしれない。

そうこうするうちに、少しずつ上り坂になってきた。遠くから見ると全体が緑の草に覆われているように見えたけれど、実際は、ゴツゴツとした岩場に、まばらに草が生えているだけだった。しかも、草と言っても、いかにも棘《とげ》が痛々しくて凶暴そうな草ばかりだ。決して、人間が口にすることはできなさそうだ。でも、かすかにハーブみたいな爽やかな香りがして、呼吸をすると喉の奥がすっきりする。

「羊とかって、こういう草を食べているの？　それとも、放牧に行くともっと柔らかくておいしそうな草が生えているとか？」

転ばないよう気をつけながら歩いていると、

「いや、これでもこの辺では立派な草なんだよ。冬なんて、本当に枯れ草しかなくて。それでも家畜達は、そういう環境で生きていかなくちゃいけないから大変なんだ。明日から行くハラホリンの方は、もっと草がたくさんあってね」

ナルヤは、ビーチサンダルで器用に丘を登っている。

「ハラホリン？」

「えーっと、カラコルムのこと。チンギスハーンが作った、昔の都があった所だよ。ここからだと、ずっと西の方。だから、食べている草が違うから、羊の味も違ってくるんだ。ニラみたいな草を食べている所の羊はニラっぽい味がするし、もちろん羊の年齢によっても味が変わるし」

羊が食べている草によって味が変わるなんて、知らなかった。でも、よくよく考えれば当たり前の話かもしれない。

「すごいね。人間が食べられない草を食べる羊を、今度は人間が食べるなんて」

ふと丘の頂上を見ると、もう秘密君の姿は見えなくなっていた。登っているうちに、だんだん息が上がってくる。

「ほら、美咲、あともう少しだ、がんばれ！」

言いながら、ナルヤは何気なく私の手を取ってくれた。そういう意味じゃないとわかっていたけれど、自分達が中学時代にできなかったことをやり直しているようで、急に恥ずかしくなる。少し意地悪な気持ちも含めて、ナルヤも大人になったんだな、と思った。あの頃は、いくら私が望んでも、絶対に手なんか繋いでくれなかった。ずっとそのことばかりを考えながら歩いていた帰り道が、妙に懐かしく思い出された。

ナルヤが手を取ってくれたおかげで、ラストスパートを一気に登ることができた。頂上に着いたとたん、どちらからともなく手を離す。下にいた時より、少し風を強く感じる。ゲルから見るよりも、ずっと高い。三百六十度、見渡す限り地平線が広がっている。

目の前の絶景に茫然《ぼうぜん》と立ちすくんでいたら、

「これが、オボって言ってさ」

ナルヤが、頂上に立ててある棒のようなものの説明を始めた。鉄の棒には、ブルーのリボンのようなものが結びつけられている。

「太陽と同じ方向に回りながら、下に落ちている石を、上の方に上げてあげるんだ」

ナルヤはそう言って、足元に転がっていた石ころを、棒の方に向けて軽く放った。

「こっちの人達にとっては、石も、一つの生き物なんだ。でも、石は自分の力では上に行けない。だからこうやって、石ころを上の方に移してやるの」

私も足元にあった小石を拾い上げ、上の方に投げた。石も、生き物だなんて。私は今まで、石はただの石としか見てこなかった。

一周し終えたところで、ナルヤがその場に腰を下ろす。私もその横に座り込んだ。朝、お母さんと水を汲みに行った川が、悠然と流れている。呼吸を整えながらその景色を見ていると、心の中に浮遊していたいくつもの塵《ちり》や埃が、静かに底の方に沈んでいくようだった。逆さまにしたスノードームを、平らな場所に戻したように。一瞬でも手を繋いだからか、ナルヤがより身近な存在に思えた。

「ねぇ」

私は思い切って、ナルヤの横顔に話しかけた。

「ナルヤは、高校の時、どんな女の子と付き合ってたの？」

急に、聞きたくなった。どうしてだか確かな理由はわからないけれど、聞かずにはいられない心境だった。

「なんで急にそんなこと」

眩しいのか、ナルヤは潤ませた目でこっちを見る。そのまっすぐな眼差しに、負けそうになった。朝に見た、秘密君に三つ編みをされていた馬の瞳を思い出した。

「美咲がどうしても聞きたいっていうなら、もう過去のことだし、話してもいいけどさぁ」

不貞腐《ふてくさ》れたような表情で、ナルヤが言う。そばで見ると、ナルヤの顔に生えるヒゲの表情までがはっきりとわかる。

「聞きたい」

私もナルヤと同じポーズをして、折り曲げた膝《ひざ》の上に顎《あご》をのせ、顔だけをナルヤの方に向ける。

「相手の女の子は、高校のクラスメイトだったよ」

そう言ってナルヤが彼女のことを話し始めたとたん、そんなこと聞かなきゃよかったと、今度は急激に後悔する。なんて我がままなんだろうと自分で自分が嫌になりながら、それでも、私は平静を装ってナルヤの話に耳を傾けた。

「二年生の春から、付き合い出したのかな。どっちかが告白するっていうよりは、気がついたら両想いになっていたって感じで。よく、授業さぼって、映画見に行ったりしたなぁ。今から思うと、結構悪いことしてたかも」

「エッチは?」

自分で聞いておきながら、自分の言葉に自分でも驚く。ナルヤもいきなり私がそんなことをたずねるのでびっくりしたのか、固まった表情のまま、数回目をしばたたかせた。

「なんだよ、いきなり」

少し戸惑い気味にナルヤが言うので、

「だって、その人が初めてだったんでしょ?」

なるべく普通に聞こえるよう、私は言った。どうしても、ナルヤが最初に抱いた人のことをナルヤの口から聞き出したかった。

「いや、僕はまだ、って隠す年でもないしな。そうだよ、彼女が初めての相手だった」

ナルヤが真面目に話すものだから、聞いている私の方が赤面した。

「でも、別れちゃったの? それとも、今も付き合ってるとか」

早く話題を変えたくなった。

「まさか、今もし彼女がいたら、美咲をモンゴルに誘ったり、しないって」

動揺した様子でナルヤが言うので、

「それもそうだよね」

軽い調子で私も合わせた。けれど、ナルヤの言葉に、内心、ものすごくホッとした。その気持ちを、自分でもごまかす。

「好きだった？」

「うん、すげー好きだった」

ナルヤが真面目に答える。ナルヤは、誠実だ。だからこそ、中学生の時、私もナルヤを好きになった。でも、あの頃は二人ともまだ本当に子供だったのだ。そのことにすら、気がつかないほどに。

「でも、好きなのに、別れたの？」

あまりにもきちんと答えるナルヤが可哀想になって、ナルヤを両手で抱きしめたくなった。けれど、もちろんそんなことはできない。

「確か向こうに、好きな人が出来ちゃったんだ。あの頃のことは、かなり自分でも動揺しちゃって、よく覚えていないんだけど」

「そうだったんだね」

ナルヤの気持ちを思うと、私までしんみりしてしまう。けれど、ナルヤの次の一言に、私はぎょっとした。

「じゃあ、美咲の恋愛のことも話してよ」

「なんで？」

強気な態度で言い淀むと、

「だって、俺もちゃんと話しただろ。俺だって聞きたいもん。美咲を最初にものにした奴のこと」

わざとなのか、ぶっきら棒な様子で、ナルヤは口を尖らせた。

「えーっとねぇ」

けれど私の場合、ナルヤほど爽やかな恋愛ではない。

「同級生、って言っても、美咲は女子校だったよな」

ナルヤが憶測し始めたので、

「私が好きになったのは、予備校の先生だったのよ」

はぐらかしたり嘘をついたりするのが面倒になって、自分から告白した。このことは、本当に仲のよかった数人の友達にしか、話したことがない。

「もしかして、すげー年上とか？」

興味深そうにナルヤが顔を近づけるので、

「まぁ、年上は年上だけど、たった十五歳離れてただけだよ」

なるべく軽い調子で伝えた。

「十五って、それって、立派な犯罪じゃん」

案の定というか、ナルヤは他の人と同じような反応を示した。

「お前、その時いくつだったんだよ」

「えーっと、確か十六か十七かな」

「だとすると、相手は、三十代？　ってもしかして、それ」

「そう、不倫してたのよ、私。高校生の分際で」

自分で言ってしまうと、あの頃ぎっしりと詰まっていた時間が、とても軽々しい、吹けば飛ぶような一枚の紙切れに思えた。

ナルヤに軽蔑されるかと思った。けれどナルヤは、

「そうだったんだな。そいつが、美咲を最初に愛した男なんだ」

妙にしんみりとつぶやいた。「愛」という表現を使われたことで、急に体がかっと熱くなる。突然、その頃本気で先生を愛しく思っていた生々しい感情を、思い出しそうになった。

「美咲も、俺と会わない間に、いろいろあったんだね」

ナルヤが手を伸ばし、まるで幼い子を撫《な》でるように、私の頭に手のひらを置いた。もしも、もしもナルヤと中学時代にそういう関係になっていたら、私は先生を好きになることもなかったのに。違う人生を歩んでいたかと思うと、人と人の出会いって、本当に絶妙だと思った。そして、あんなにも愛し合っていたのに、もう先生に会うことも、二度とないのだ。

「大人だな」

ナルヤは言った。

その響きにムッとして彼を見返すと、

「いや、やらしい意味じゃねーから、誤解すんなよ」

ナルヤは口を尖らせ抗議した。

「あん時から、美咲の方が、ずーっと大人だったんだよ。それに較《くら》べて、俺はただのガキんちょで」

お互いに好き合っていたのはわかっていたのに、私達は手を繋ぐことも、キスすることもできなかった。けれど、面と向かってナルヤと当時の話をするのは、かなり恥ずかしかった。

結局、私達は別々の道を選んだのだから。私は、ふと思い出してナルヤに聞いた。

「お父さんとお母さんって、いっつもあんなふうに一緒に寝てるの？」

「あ、昨日のこと？」

ナルヤが、わずかに表情を変える。話題が変わってホッとしているのは、お互い様なのかもしれない。

「多分昨日は、美咲をベッドで休ませるためじゃないかなぁ。あと、ほらお父さんが退院したばっかりだから。肩とか、もんであげてたんじゃない？」

「でも、なんかいいなぁ、って思ったよ。年を取ってからも、同じベッドに寝るなんて。それに、私は両親のそういう姿を、見たことがないし」

「確かにね」

「でもさ、ゲルって丸見えだし、声とかも筒抜けでしょ？　その、子供を作ったりするのも、あそこでやるの？」

言葉の表現に気をつけながらたずねると、

「そうそう、遊牧民はね、そういうの、かなりオープンなんだ。俺も、子供の頃は、二人が夜中に何してんだろう、って気になってた。だけどほら、田舎の子は、家畜の交尾とかいっぱい見てるから、ませてんだよ。今はどうかわからないけど、ちょっと前までは、昼間でも平気で馬に乗って人目につかない草原に行って、イチャイチャしてたらしいから」

「すごいねぇ」

「だって、遊牧民にはそんなに娯楽がないからさ。やることと言ったら、それしかないんじゃないの」

自分も半分遊牧民だと言っておきながら、ナルヤは他人事《ひとごと》のように語った。

話しているうちに、ますます日差しが強くなってくる。

「そろそろ戻った方がいいんじゃない？」

私が立ち上がると、

「そうだね、暑くなってきたし。これくらい二人でデートすれば、親も満足するっしょ」

ナルヤが投げやりな口調で言う。

「これってデートだったの？」

「そうそう、美咲と付き合っているわけじゃないって言ったら、お母さんが、だったらさっさと口説いてこいって言ったんだ」

ナルヤが表情を曇らせる。

「デートかぁ。チェリーガーデンに行ったのは？」

「あそこに美咲を誘うのだって、一苦労だったんだから」

「懐かしいね」

そう声に出したら、本当に懐かしくなった。七年の間に、私の心はずいぶん擦り切れて、汚れてしまった。見なくていいものもたくさん見てしまったし、まだ味わわなくてもいい感情も、思う存分味わった。

「ありがとう」

お礼を伝えると、

「何が？」

ナルヤが子犬みたいな目で私を一心に見つめるので、

「ナルヤの過去のこと、いろいろ話してくれて。初エッチのことまで、聞いちゃったもん！」

ふざけて言った。でも本当は、この場所に連れてきてくれたことへの、お礼だった。少しだけだけど、心を閉ざしていた重たいカーテンが、開いている。

「あ、あそこでお母さんが呼んでるみたいよ」

私が指差すと、

「ホントだ！　昼飯出来たから、待ってるって。やばい、急いで帰ろう！」

ナルヤはそう言って、いきなり駈け出した。私もナルヤを追いかける。こんなふうに無我夢中で走るのなんて、何年ぶりだろうと思いながら。

ナルヤのつむじのすぐ上で、太陽が輝いている。ジャンプすれば、そこまで手が届きそうだった。

家族みんなで昼食を食べ、その後ゲルの中でまたみんなで昼寝をする。ナルヤを真似て、私もベッドではなく下に寝そべってみたら、気持ちよかった。地面に直接じゅうたんが敷いてあるから、背中のすぐ下に石があって、こんな環境で眠れるのか心配だったけれど、予想外にぐっすり眠れた。目を覚ましたら、ナルヤに、鼾《いびき》をかいていたなんて言われて、嘘か本当かわからないけれど、恥ずかしかった。

少し陽が傾く夕方になってから、お父さんとナルヤと私の三人で、料理の時に使う燃料となる牛の糞を集めに行く。牛の糞に触るのなんて、生まれて初めてかもしれない。けれど、乾燥しているからただの土の固まりのようだ。牛の糞が燃料になるなんて、驚いた。ナルヤが教えてくれたところによると、糞と言っても、これは草を細かくすり潰《つぶ》したのと同じことで、人間が最初からこれを作ろうと思ったら大変な労力がかかるところを、牛は食べることの副産物として恵んでくれるのだとか。

遠くまで探しに行かなくても、牛はそこら中にいるので、牛糞もそこら中に落ちている。たくさん牛糞を集めて持って行ったら、お母さんが喜んでくれた。けれど、山のようにある牛糞も、火をつけてしまうとあっという間になくなった。次から次に、いつだって牛糞を拾いに行かなくてはいけない。

夜ご飯にお母さんが準備してくれているのは、カレーだった。

「昨日、あんまり美咲が食べてなかったから、心配してるみたいでさ」

ひそひそとした声で、ナルヤが教えてくれる。

「カレーのルーって、こっちでも売っているの？」

私もなぜだかナルヤに同調してひそひそと話したら、

「俺が今回、日本から持ってきたのを使うらしい。一応、ウランバートルに行けば、ルーはあるけどね。やっぱり日本で作っている方がおいしいから」

ナルヤは普通の声に戻して答えた。

お母さんが野菜を取り出してきたので、皮を剝く作業を手伝った。けれど、包丁を手にして、そのあまりの切れ味の悪さに絶句した。これではまるで、おままごと用に作られた、木製のナイフではないか。けれど同じ包丁で、さっきはお母さんがスイスイと人参の皮を剝いていた。

「今度こっち来る時に、日本の包丁研ぎを持ってきてあげたら」

悪戦苦闘してじゃが芋の皮を剝きながら、何気なくナルヤに言った。けれどナルヤからは、予想とは違う反応が返ってきた。

「俺も、一時期は同じこと考えてた。ここのあまりの原始的な暮らしに啞然《あぜん》として、日本から便利な物をせっせと持ってきてたんだ。もちろん、両親は喜んでくれるよ。でも、見てると結局使わないんだよね。使い方がわからないわけじゃなくて、自分達の意思で使っていないんだよ。そういうものは、彼らにとってゴミにしかならない。遊牧民っていうのは、物を持たない暮らしなんだ。とにかく、物に執着しない。彼らは、何千年とそうやって生きてきた。それを無理やり変えようとするのは、それこそ傲慢な話なんだ」

「ごめんなさい」

何も知らないくせに、勝手なことを言ってしまった自分が恥ずかしい。

「でも、その包丁は確かに切れなさすぎだよね」

ナルヤは笑った。私も、ついつられて笑いそうになってしまう。

お母さんが、玉ねぎの皮を剝いて刻んで、人参と他のじゃが芋の皮も剝いて細かくカットする間に、私はじゃが芋一個分の皮しか剝けなかった。緊張しながら剝いていたせいか、肩に力が入っている。

「ごくろうさん」

そう言ってナルヤが、私の肩にずしんと手のひらをのせる。その様子を見ていて、お母さんがナルヤに何か言った。

どうしたの？　と目で問いかけると、

「女の子に、乱暴なことをするなって、注意されちゃった」

ナルヤが、決まり悪そうにぺろっと舌を出す。

「大丈夫、大丈夫」

ゆっくり言ったからって意味が通じるわけではないとわかっていても、お母さんにわかってほしくて、繰り返した。

刻んだ野菜を水に浸《つ》けたまま、お母さんが今度は袋から動物の骨のようなものを取り出してきた。

「これは？」

「牛の干し肉だよ。秋に解体して、乾燥させておいたものなんだ」

言いながら、ナルヤはビニールシートみたいな物を広げ、引き出しから金づちを取り出す。

「こうやって、繊維を叩き潰して、料理に使うんだ」

骨の所を、豪快に叩く。その様子を見ていたお父さんが、ナルヤに話しかけてくる。

「本当は美咲に自分が育てた羊を食べさせてやりたかったのに、食べさせてやれなくてごめん、って謝っているみたい」

実のところ、羊の肉は臭みがあって苦手だから、食べずに済んでホッとしていたのだ。

「でも、どうして食べないの？」

見たところ、羊はあっちにもこっちにもごろごろいる。それなのに、なぜなのだろう。

「それには、今年の冬の寒波のことから話さなきゃいけないんだけど」

ナルヤは、牛の干し肉を必死に潰しながら、話し始めた。

「今年の冬は、本当に異常なほどの寒さだったんだ。俺が旧正月に来た時なんて、マイナス四十度にもなったんだ。もう、計測不可能な寒さだよ。雪もいっぱい降って、家畜達が疲弊してた。草もなくって、わざわざ餌を買ってあげなくちゃいけなかったみたい。でも、買える餌の量にも限界があるからさ。お父さんは、寒さに強い羊よりも、寒さに弱い山羊や牛を優先したんだ。そしたら、その判断が裏目に出て、今度は羊が弱っちゃった。

春は羊が出産するシーズンなんだけど、生まれてもすぐに死んじゃう赤ちゃん羊が続出して。母親の方も、ミルクが出ないんだよ。それで仕方なく、生まれたらすぐに温かいゲルの中に連れてきて、母親のミルクが出ない場合は、その子に牛のミルクを飲ませてたんだ。俺も手伝いに来たんだけど、悲惨だったなぁ。せっかく生まれたのに、どんどん赤ちゃん羊が死んでいく。死んだら、外に出しておくんだけど、ずらーっと遺体が並んでて。お父さんは、落ち込んじゃうし。自分の家畜を死なせるってことは、遊牧民にとって最大の恥だからね。

だけど、蓋を開けてみたら、この悲惨な出来事が、モンゴル中で起きていたんだ。中には、ほとんどの家畜を失《な》くしちゃった遊牧民もいた。だけど、自分は何頭の家畜を死なせました、なんて馬鹿正直に報告する遊牧民なんていないからさ、たいてい被害を軽めに報告するだろ。だから、正確な被害頭数はわかっていない。でも、モンゴル人の食生活を脅かすほどの、大打撃なんだ」

最後の骨の固まりを、ナルヤはひと際思いっきり叩き潰した。

「そっか、それで羊が減っちゃったから、夏になっても食べないわけね」

私が言うと、

「それもあるかもしれないけど、要するに、きちんと草を食べていないから、おいしくないんだ。お父さんは、自分が育てる羊はモンゴルで一番おいしいって思ってて。まぁ、遊牧民ならみんなそうなんだけど。美咲には、胸を張って誇れる自慢の羊を食べさせたかったんじゃないかな」

異常気象だ異常気象だと日本でも騒いでいるけれど、そういう影響を真っ先に受けてしまうのは、遊牧民のような人達かもしれない。お父さんがそこまで言うのなら、私もいつかお父さんの育てた羊を食べてみたくなった。

お母さんの姿が見えないと思っていたら、外でご飯を炊き始めている。さっきよりも更に太陽が西に傾き、お母さんの影が、乾いた地面に細長い綿棒のように伸びていた。

「全部、一つの火で作るんだね」

日本だったら、一人暮らしのワンルームでもない限り、当たり前のように複数のコンロがあって、同時進行で料理を作る。

「そう、それに鍋もあのでかいの一個しかないし」

お湯を沸かすのも、ご飯を炊くのも、カレーを煮込むのも、同じ鍋を使っているのだ。その都度、お母さんは丁寧に鍋を洗う。なるべく貴重な水を無駄にしないよう、工夫しながら。

「私だったら、ミルクを温める鍋とか、フライパンとか、パスタ用の底が深い鍋とか、いろいろ揃えてしまいそうなのに。すごくない？　ねぇ、お母さんって、実はめちゃくちゃすごいよ！」

ナルヤにもこの興奮を届けたくて、声を張り上げた。それがどこまで伝わったのかはわからないけれど。

「そうなんだよな。俺ら、いっぱいいろんな道具を開発して、スイッチ一つ押せば使いこなしている気分になっているけど、壊れたらもう何にもできなくなる。こっちの人は、自分の車とかバイクが壊れたら、全部自分で直すんだよ。直すためには、きちんと仕組みとかが頭に入っていないとできない。結局、頭使って生きてるのって、こういう原始的な暮らしを送っている人達の方なんだよな。一見、俺達の方が先を進んでいるような気分になるけど。どう考えても、俺らの方がアホ化している」

ナルヤが必死に伝えようとしてくれていることが、私にもなんとなくわかった。

ナルヤと熱心に話をしている間に、ご飯を炊いている香ばしい匂いが漂ってきた。見上げると、うっすらと茜色に染まり始めた空に、細長い雲が竜のようにたなびいている。その時不意に、自由ってこういうことを言うのかもしれない、と思った。遊牧民の人達の心の軽さ、それは物を持たないということで成り立っているのではないかと気づいたのだ。

もちろん、遊牧民だからと言って、全く物を持っていないというのではない。ゲルの中には仏壇だってあるし、一見生活するのには必要がなさそうな、ナルヤも含め、息子達や孫達の写真などもたくさんある。でも、きっとこの人達は自分にとって何が大切か、必要かがわかっているのだ。そして、大切だと思う物に関しては、たとえ生活必需品ではなくても、ずっと大事にする。本当に必要な物だけに囲まれた生活なのだ。

それに較べて、私はずいぶんと多くの無駄な物を所有している。自分で自分を重たくして、遠くへ羽ばたこうとするのを阻んでいる。でも、それじゃあ自分にとって大切なものって何なんだろうと考えた時、私にはすぐに思い当たるものがなかった。生きるのに必要なものが、何かわからない。ずっと、これだけにはしがみついて生きていきたいと思っていた仕事も、半月ほど前、自らの意思で手放したのだから。

ご飯が炊けたらしく、お母さんが洗面器のような物にご飯を移し替えていた。今度は、この鍋でカレーを作るらしい。

「美咲に、カレーの作り方を教えてほしいんだって」

ゲルにできた影に身を寄せるようにして、ぼんやり空を眺めていたら、ナルヤが呼びに来た。

「ただ、普通に煮込めばいいだけだけど」

大した工夫などできなそうだった。料理は、得意でも苦手でもなく、たまに気分転換で作ったりする程度だ。大学は千葉の実家から通っていたけれど、さすがに社会人になってからも通うのはどうかと思い、今年になってからようやく一人暮らしを始めた。けれど、アルバイトから正社員になったとたん、急に仕事が忙しくなって、平日だけでなく休日まで仕事をしなくてはいけなかった。週末は料理をして、平日もなるべくお弁当を作って持って行こうと思っていたのに、毎日部屋に戻ると疲れてしまい、それどころではなかった。仕事のことを思い出して、すっかり気分が落ち込みそうになった時、

「そういえば昔、美咲がバレンタインデーに何か手作りのやつ、くれたよな。あれ、すげーうまかった」

いきなりナルヤが恥ずかしいことを蒸し返した。

「でも、あの時ナルヤ、何にも言ってくれなかったじゃない」

おいしいとも、ありがとうとも、私には何も伝えてくれなかったのだ。そのことで、どれだけ私が悩んだと思っているのだ。

「あの時はもう、本気で死んでしまいたかったんだから」

当時の胸の苦しさを思い出して、私はナルヤを軽く突き飛ばした。と同時に、死んでしま

いたかったなんて言葉を軽々しく冗談みたいに使ってしまった自分に嫌悪感を抱いた。いくら死んでしまいたいと思っても、実際に死んでしまうこととは、訳が違う。けれど山田君は、本気で死を選んだのだ。

「あれって、ちょうど入試の頃だったでしょ？　私、母親の目を盗んで、夜中に自分の部屋で徹夜して作ったんだよ。なのに、ナルヤはなーんにも言ってくれないんだもん。塩と砂糖を間違って入れちゃったかな、とか、本当にいろいろ考えて、毎晩眠れないほどだったのに」

頭の片隅で山田君のことを思い出しながら、口では全然関係のないことを話していた。そして話しながらも、そういえばいつだったか山田君が本を貸してくれたことをぼんやりと思い出していた。

「ごめん」

一瞬、何に対して謝られているのかわからなくなる。中学時代の甘酸っぱいバレンタインデーのことを話題にしていたのだった。すると、

「やべぇ、俺ら、カレー作るの頼まれてたんだっけ」

ナルヤが、苦い表情をして口を曲げた。

私達は、大慌てでお母さんのいる方へ駆けつけた。さっきご飯粒がくっついていた鍋はき

れいに洗われ、再び火にかけられて次の料理が始まるのを待っている。抑揚の効いたモンゴル語で、ナルヤはお母さんに一言、二言、話しかけた。

「俺達で、一緒に作れって」

子供のような拗《す》ねた顔で、ナルヤはお母さんの言葉を日本語にする。

「お父さんは全く料理を手伝わない。ナルヤもそれをすっかり受け継いで料理をしない子になったけど、これからは男の人もカレーの一つや二つ、作れなくちゃモテないって」

「お母さんが、本当にそんなことを言ったの？　カレーの一つや二つって？」

「いや、それは俺が適当に日本語にしてみただけだけど、おかしかった？」

「うん、まぁ」

編集者としてはちょっと気になるところだけど、と言いそうになった。でももう、私は編集者でも何でもないのだ。今はただのフリーターだ。日本に戻ったら、一からアルバイトを探さなくてはいけない。

「でも、お母さんもいいことおっしゃるね」

気を取り直してナルヤを見上げる。

「俺、飯は作るより食う方が好きなんだけどなぁ」

飄々《ひょうひょう》とナルヤが言うので、

「そんな亭主関白なオヤジみたいなこと言って。そんなんじゃ、モテないよ」

図星をさしてやった。

「そういうオヤジと付き合ってたのは、どこの誰だよ」

ナルヤが尚も言ってくるので、

「先生は、オヤジなんかじゃありませんでした。それに、三十なんて、まだ子供っぽかったよ」

自分で言いながら、先生の面影や温《ぬく》もりを思い出し、急にしんみりとした気持ちになる。

「泣くなって」

勘違いしたナルヤが私の頭を腕に抱きとめようとするので、

「泣いてないよ。ただ煙が目に染みて痛いだけ」

そう説明しながらも、ますます煙が目に入って、ぼろぼろと涙がこぼれてしまう。そして、一向にカレーを作り始めない私達を、お母さんが冷ややかな目で見つめていた。

「ナルヤ、もういい加減カレーを作らないと……」

私はそっと囁いた。

ナルヤもお母さんの視線に気づいたのだろう。

「よーし、今夜は飛びっきりのカレーを作るぞー」

大袈裟《おおげさ》に言って、半袖のシャツの腕を更に肩までまくり上げる。

お母さんは、私とナルヤの横にぴったりと寄り添って、熱心にカレーの作り方を見つめていた。私が何か動作をするたびに、今、ミサキは何をしたのか？ とナルヤにモンゴル語でたずねている様子だった。ナルヤも、ほんの少しだったけれど、一緒に手伝ってくれた。お母さんは軽々と片手で持ち上げていたのだが、実際、鍋の蓋はものすごく重たかった。鍋の蓋の開け閉めを、ナルヤが手伝ってくれる。筋肉が盛り上がるナルヤの腕が、逞《たくま》しかった。

じゃが芋、人参、玉ねぎをサラダ油で炒めたら、そこに水で戻しておいた牛の干し肉を入れ、野菜と肉が柔らかくなるまでじっくり煮込む。ほどよいタイミングで一度火からおろして、ルーを入れる。再び火にかけてトロミを出せば、完成だ。自分でルーをミックスするわけでもないから、簡単にできる。

先に炊いてあったご飯の上に、たっぷりとカレーをかけた。

気持ちがいいので、朝と同じく外にテーブルを出して食べる。隣のゲルから、秘密君の家族もやって来た。なんと、秘密君の脇に立っているのは秘密君の奥さんで、奥さんの腕に抱かれているのは、秘密君の息子だった。すぐにナルヤが、秘密君の息子を自分の腕に抱いて、あやし始める。それにしても、秘密君に子供がいたとは。

「秘密君って、今いくつなの？」

「二十歳かな？」

「じゃあ、私達より年下なの？　それで、奥さんも子供もいるの？　でも、確か秘密君はまだ学生なんだよね？」

秘密君の息子の前で変な顔をしてみせているナルヤに、矢継ぎ早に問いかけた。その間も、手は休めずに次々とお茶碗にカレーをよそう。ベロベロベロベロ、バァ、と思いっきり不細工な顔をした後で、ナルヤは教えてくれた。

「モンゴルでは、最近、早く結婚して早く子供を作るカップルが増えているみたい。学生結婚も、日本だと珍しがられるかもしれないけど、こっちじゃ普通なんだよ」

「でも、生活はどうするの？」

いくら学生とは言え、自分の子供の養育費まで親に面倒を見てもらうのが、まかり通るというのだろうか？　自分だったら、ありえない。

「それは、かなり深刻な問題ではあるんだけど。奥さんが働いたりして、支えてるんじゃないのかなぁ」

曖昧に返事をした後、ナルヤは秘密君の奥さんに話しかけた。そして、

「やっぱりそうみたい、ここんちは奥さんが家計を支えているんだって」

と付け足した。

「ここで働いてるの？」

よく意味がわからなくて質問すると、

「ここって？」

逆にナルヤに問い返された。

「だから、遊牧民の仕事をしながら……」

「いや、彼らは今、夏の間だけ、こっちに来て仕事を手伝ってるんだ。家は、ウランバートルにあるよ。都会で暮らしている人達も、夏は田舎のゲルに来て過ごすんだよ。そうすると、都会育ちでも、家畜の世話とかができるようになって、強くなるから」

ナルヤは尚も熱心に秘密君の息子をあやしている。話しているうちに、夕飯の準備が整った。誰だかわからない人も含めて、総勢十人の晩ご飯だ。

「いただきます！」

ナルヤは誰よりも先にそう言って、出来立てのカレーを食べ始めた。

モンゴルでは、誰かがゲルを訪ねて来ると、たとえ見ず知らずの相手でも、必ずお茶を出し、お菓子などをふるまうという。食事時に来客があれば、家の人が食べているのと同じ食事を出すのが決まりなのだとか。

たった一日だけだけれど、モンゴルで過ごしてみると、その気持ちが少しわかった。だって、ほとんど家族以外の人とは会わないのだ。だから、誰かと出会うことは、ものすごく貴重なのだ。大草原でばったり人と会うなんて、それだけで何かの縁を感じてしまうし、共にその喜びを分かち合いたくなる。日本だったら、人が多くてうんざりしてしまうのに。

「アンプテー、アンプテバーン」

テーブルを囲む人々の口から、さっきから同じ言葉が聞こえてくる。

「アンプテー、っていうのは、モンゴル語でおいしい、って意味だよ」

隣に座っていたナルヤが、カレーの香りのする息で教えてくれた。こんなの、日本人だったら誰にだって作れるのに。そんな物を、みんなが口々に褒めてくれる。胸の中で何かが膨らみそうになるのを、私はカレーを食べることで必死に打ち消した。

明日は、違う場所に移動するという。もしかしたら帰る前の日にお父さんとお母さんとはウランバートルでまた会えるかもしれないけれど、ひとまずお別れだ。せっかく仲良くなれたところだったのに。

カレーを食べ終えたお父さんがまた、どこからかお酒の瓶を持ち出してきた。長い夜になりそうな予感がした。水に戻した乾物みたいに、また少し、昨日よりも心が柔らかくなっている。

三日目は、ほとんどが移動にあてられた。

秘密君の運転する車で、カラコルムのもっと奥にある高原まで行くという。そこには温泉もあって、モンゴル人に人気の観光スポットらしい。

昨日と同じように朝ご飯を済ませてから、車に乗り込んだ。

「バイラルラー、バイラルラー」

唯一話せるようになったモンゴル語で、お父さんとお母さんに挨拶する。バイラルラーは、モンゴル語で、ありがとうの意味だ。

車で十時間もかかる行程だった。途中途中で舗装されている道はあるものの、基本的には未舗装だ。道なき道を、車ごとぴょんぴょん跳ねながら進んで行く。

途中、草原でトイレ休憩した。

「道案内の看板とかもないのに、よく、どっちに走ったらいいとか、ここで曲がるとか、わかるね」

車から降りると、爽やかな冷たい風が心地よかった。

「簡単だよ、山の見え方とか、特徴とかを記憶しているんだ」

ナルヤが両手を上げて伸びをしながら教えてくれる。伸びた瞬間、ちらっとナルヤのお臍《へそ》が見えた。

「山って、あのいっぱいある低い丘のこと？」

「そうそう」

「私だったら、絶対に迷子になっちゃうよ」

「確かに美咲は、方向音痴だったもんな」

学校帰りに二人で歩くうち、住宅街で迷子になったことが何度もある。

「山と谷、それぞれに名前が付いているんだって。でも、最近はナビを使う人も出てきたみたい」

そんな会話をしていたら、トイレに行っていた秘密君が戻ってきた。かわりばんこに車を運転することになっているのか、秘密君は助手席側のドアを開ける。運転席に座ったナルヤが、車のスピーカーにアイポッドを繋いで、日本語の歌をかけてくれた。

ずっと車酔いで気持ち悪く感じていたのだけど、少しだけ気分が紛れた。日本語の歌を聴きながら草原の道を走っていると、なぜだかここが日本のように思えてくる。どれも、私とナルヤが別れてから流行った曲だ。付き合っていたかどうかも曖昧なのに、別れたなんて表現はおかしいかもしれないけれど。高校生の時に付き合った彼女と聴いていた歌かと想像したら、きゅっと心をつねられたような変な気分になる。もしかして、私は彼女に嫉妬しているのだろうか？　もう、終わったことなのに。そういえば、先生とは一緒に音楽なんて聴かなかった。人前で二人っきりになることはなかったし、二人の時は、音楽なんて聴く余裕など少しもなかった。ただただ先生のそばにいたくて、体のどこかを触れ合わせていないと先生が消えてしまいそうで不安だった。あの頃、私は先生に認めてもらいたくて、追いつきたくて、ずいぶん背伸びをしていた気がする。

「何、一人でたそがれてんだよ」

頭の中が先生のことでいっぱいになっていたちょうどその時、ナルヤの声がその世界に水をさした。

「たそがれてなんかいないって」

どうして人は、本当のことを指摘されるとむきになって否定してしまうんだろうと思いながら、つい強い口調になって言い返した。

「だって、にやけてたし」

バックミラーで、私の表情が丸見えだったらしい。

「にやけてなんか、ないよ。それに私、笑わないって言ったでしょ。にやけるのも、笑うことの中に含まれるんだから、そんなの絶対にありえない」

「そうですか、そうですか」

ナルヤは、今かかっているメロディのフレーズをなぞるようにして歌った。この曲なら、私も知っている。先生と別れた後、もう少しで付き合いそうになった大学の友人に誘われて、一緒にこのバンドのコンサートを見に行ったのだ。結局、先生のことが忘れられなくて、その友人とは付き合えなかった。

今頃、先生はどうしているのだろう。嘘をつかない人だったから、家族のことも正直に話してくれた。あの時すでに息子が一人いたから、今ではもっとたくさんの子供の父親になっているかもしれない。

体の力をなるべく抜いて、もうどうにでもなれという投げやりな気持ちでシートに体全体を預けるのが、もっとも楽な乗り方だった。何のことはない、前の座席に座る秘密君がそうしていたのだ。ほとんどシートからずり落ちそうな体勢で、車の揺れに抵抗することなく、揺れるがままになっている。私も真似してみたら、必死で手すりにつかまっているより、ずっと乗りやすかった。

「美咲、眠たかったら、遠慮せずにガンガン寝ちゃって。ちゃんと安全運転で連れて行くから」

まるで監視カメラでもあるんじゃないの、と思えるほどの絶妙なタイミングで、ナルヤが声をかける。素直に、ありがとう、と言った。目を開けて縦揺れする景色を見ているだけで酔いそうだったから、ここは寝てしまうのが得策に思えた。私が目を閉じたのが見えたのか、ナルヤが音楽のボリュームを小さくしてくれる。次に目を開けた時には、ぽつぽつと雨が降り始めていた。モンゴルに来て、初めての雨だった。

途中、また草原の真ん中に車を停め、中に入ったまま昼食を食べた。お弁当は、朝、お母さんが用意してくれた。パンが数枚とジャム、それにお茶という質素な内容だったけれど、車の振動で胃も疲れていたのか、食欲がなかったのでちょうどよかった。

食べ終えてから、トイレに行ってこようと車のドアを開けると、風が強くて冷たかった。一瞬、肩にかけていたストールが吹き飛ばされそうになる。

「雨降ってるから、あんまり遠くまで行くなよ。どうせ見えねーし」

背中でナルヤの声を聞きながら、力を込めて車のドアを閉める。中から見ていた時はそんなに降っていないのかと思っていたけど、実際外に出てみると、雨はかなり激しく降っていた。気温もぐんぐん下がっているのか、半袖のシャツにウィンドブレーカーを着ていても、まだ肌寒い。

草の茂みにしゃがんだら、遠くの空で稲妻が光った。まるで、地球の上に張り巡らされた血管のようだ。その数秒後、ゴロゴロと低音のうなりが響いてくる。まだ距離はありそうだったけれど、怖かった。寒かったこともあり、駆け足で車に戻る。今度はまた、秘密君が運転席に座っている。

カラコルムから先は、もっと凸凹《でこぼこ》の激しい道だった。体が跳ねた瞬間、天井に頭をぶつけそうになる。それでも私は、眠っていた。眠る以外に、その場をやり過ごす術《すべ》が見つからない。眠りながらも、外の景色にどんどん緑色が増えていくのを感じる。雨は、いよいよ本降りになっていた。

「美咲、着いたよ」

ナルヤの声で起こされた時、私は自分がどこにいるのかわからなくて、数回、目をしばたたかせた。

「ここが、温泉？」

勝手に草津のような所を思い描いていた私は、この草原のどこに温泉があるのだろう、と思った。

「とにかく、降りてよ。荷物は運んでもらうから。スタッフがすぐに美咲をゲルに案内してくれるって」

後ろを振り向いたまま、ナルヤが話す。さっきトイレに行った時よりも、また一段と気温が下がっている。

「ここはどこ？」

足元に生える草をかき分けて歩きながら、隣を歩くナルヤにたずねた。すぐに、靴も靴下もびしょ濡れになる。

「ツーリストキャンプだよ、秘密君の知り合いが、ここでアルバイトをしているんだって」

私が案内されたゲルは、お父さんやお母さんのゲルより、一回り小さかった。ベッドは、一つしか置かれていない。

重たいスーツケースを運んできたスタッフに、ナルヤがモンゴル語で話しかけた。何をどう話したのか詳しいことはわからないけれど、最後にスタッフは、「オーケー」と英語で言った。

「美咲、ここでのんびりして。俺と秘密君は、向こうの丘にテント張って、そこにいるから。何かあったら、スタッフに言って。さっきの子なら、英語が少しだけ通じるみたい」

ナルヤがあまりにも平然としているものだから、私だけ一人でゲルに泊るの？　なんて、今更聞けなかった。急に心細くなってくる。

「温泉は？」

かろうじて、私はたずねた。

「なんかねぇ、このキャンプにもあるらしいんだけど、さっきパイプが壊れちゃって、直さないと使えないんだって。少し歩くけど、向こうまで行けば、有料の公衆浴場みたいなのがあるって。美咲、どうする？　明日まで待てば、ここの温泉に入れるようになるとは思うけど」

ナルヤが呑気《のんき》に言うものだから、私はつい、

「今すぐ、温泉に入って体を温めたいよ」

駄々をこねるように早口で言った。

「わかった。じゃあ、一瞬だけ俺にテント張る時間をくれる？　そしたらすぐに、美咲を呼びに来るから」

ナルヤがゲルを去ってしまうと、急にその場が静まり返った。もしかしたら、明日パイプが直るのを待って、このキャンプのお風呂に入った方がいいのかもしれない。ナルヤだって、長時間の運転で疲れている。でも、やっぱりこんなに体が冷えてしまったのにお風呂も入らずに寝るなんて、悲しすぎる。気温がぐんぐんと下がっているのかもしれない。私はかじかむ両手に自分の息を吹きかけた。その息が、うっすら白く濁っている。

今って、間違いなく夏だよね？　自分で自分に確認した。テーブルの上にポットがあったので、お茶を飲もうと思った。けれど、スーツケースのポケットに入れてきた緑茶のティーバッグを取り出し、コップに入れてポットを持ち上げたところで、中にお湯が入っていないことに気づく。念のためキャップを開けて中をのぞくと、お湯の代わりに死んだ蛾が一匹入っていた。

仕方ないよ、ここは日本じゃないんだから。私が生まれた時にはまだ、社会主義国だったモンゴルなんだから。そう自分で自分をなだめながら、ゲルのドアを開け、外に蛾の死骸をぽいっと投げ捨てる。

スタッフに頼めばお湯をもらえるかと思ったけれど、なんだか面倒臭くなってやめた。お茶も飲めないので、仕方なくナルヤが迎えに来るまで、スーツケースの中の荷物を整理することにした。このキャンプには、今日から三泊するという。寒そうなので、まさか使わないだろうと思ったけれど、念のため持ってきたフリースを取り出し、さっそく着込んだ。吐く息が、ますます白く濁っている。

「お待たせー」

ナルヤが私のゲルに来てくれた時には、一瞬だけ、と言って出て行ってから、一時間以上経《た》っていた。日本から持ってきた時計が八時半を示しているから、時差が一時間のモンゴルは、今、夜の七時半ということになる。それでもまだ、明るい。

「どうやらあっちの温泉は八時に閉まるらしいから、早く行こう。その後、シェフが食事を作ってくれるって」

遅く来ておきながら、ナルヤが急《せ》かす。ナルヤも温泉に入るつもりなのか、首から使い込んだ手拭いをぶら下げていた。私はお風呂道具を持って立ち上がった。

さっきは気づかなかったけれど、キャンプは柵で囲われていた。私のゲルと同じようなゲルがいくつか並んでいる。歩きながら、ナルヤがキャンプのトイレの場所や使い方を教えてくれる。一応水洗らしいのだが、水が流れなくなることがよくあるという。あと、トイレットペーパーは詰まりの原因になるので、使った後は置いてあるゴミ箱の中に捨てるらしい。

青空トイレに慣れた私には、その方が逆に不便に感じられた。見渡す限り草原が広がっているのだから、わざわざトイレを使わなくても、その辺でやらせてくれたらいいのに。

温泉のお湯は、これから私達が行く源泉の方から、モーターで汲み上げパイプを通って運ばれるらしい。

「だったら、源泉の方に行っちゃった方がいいかもね」

もうすぐ温かいお湯に入れると思うと、少し元気が戻ってきた。雨上がりの草原はきらきらと緑が輝くようだ。キャンプから源泉までは、長い一本の遊歩道のような道が作られている。私は、幼い頃、父に手を引かれて歩いた尾瀬の道を思い出した。

「なんだか、天国に続くみたい」

夕陽に向かって、私達は歩いていた。太陽が、この日最後の輝きを放つ。その道と尾瀬が重なり、父が亡くなったこともあって、死の世界に向けて歩いているような錯覚がした。きっと、天国へと続く道は、本来こんなふうに眩しくて美しいのではないかしら。まるで、映

画のワンシーンのようだった。けれど、

「ここが温泉だって」

そうナルヤに言われ、現実を目の当たりにした瞬間、私の心の中のときめきは、一気に消え失《う》せた。温泉とは名ばかりで、ただの掘っ立て小屋だった。おそるおそる扉を押すと、ベニヤ板で区切られた空間には、二つ浴槽が並んでいる。そういう部屋が、三つ続いているだけなのだ。

「すごいね、これって刑務所のお風呂みたいじゃない？」

思わず口を滑らせると、ナルヤも衝撃を受けているのか、黙ったまま動かない。

「どうする、美咲？」

究極の選択を迫られていた。考えあぐねていると、おばちゃんがやってきて、早口のモンゴル語でナルヤに何か喋《しゃべ》っている。多分、この源泉を管理しているのだろう。手に、柄杓のようなものを持っていた。ナルヤは何度も、首を横に動かす。

「どうかしたの？」

おばちゃんがいなくなったので聞いてみると、

「もうすぐおしまいだから、入るなら早くしろってさ。もし美咲が入るなら、俺はそこで待ってるから」

なんとなく、ナルヤの表情が曇っている。

「え？　ナルヤは入らないの？」

「うん、この部屋以外、空いていないんだって。入るなら、一緒に入れって言うからさ」

さすがに、ここにナルヤと二人で入るのは無理だ。

「わかった、じゃあ、急いで入るね」

覚悟を決めて、私は言った。部屋に入って鍵をかけると、大急ぎで服を脱いで湯船に浸かる。

お湯自体は、とてもよかった。少し熱めだけれど、我慢できないほどではない。隣の部屋では、モンゴル人の親子が三人で入っているのか、幼い子供の声が聞こえてくる。また、先生のことを思い出しそうになった。会わなくなってからもう二年が過ぎようとしているのに。お別れの時は、先生なしでどうやって生きていけるのだろうと頭が真っ白だったけど、もう二年間も、そうやって私は生きている。かろうじて、だけど。

お湯の中で手足を泳がせていると、少しずつ、体が温まってきた。ふぅ、と、ようやく深いため息がこぼれる。ずいぶん、遠くまで来てしまった。遠くへ行きたいと思ったのは自分だけれど、実際の距離という意味とは別のところで、時間旅行をしている気分だった。

それでも、のんびりなんてしていられない。お客がいなくなったらしい隣の部屋では、おばちゃんが掃除を始めている。本当はもう少し長くお湯に浸かっていたかったけれど、湯船の中で立ち上がった。浴槽の栓は、木で作った物で、二つ並ぶ浴槽も、そっくり同じ形ではない。隅々まで見渡せば、何もかもが手作りだ。私だって作れそうな、簡素な掘っ立て小屋なのだ。

「いいお湯だったよ」

急いで服を着て外に出ると、ナルヤは小川のような所に裸足で足を浸していた。

「足湯？」

タオルで髪の毛を拭きながら聞くと、

「ちょっとぬるいけどね」

ナルヤが私を見る。スッピンの顔を見られるのが恥ずかしくて、私は自分の顔をタオルで隠した。どうやら私がお風呂に入っている間に、太陽が沈んだらしい。さっきより、薄暗くなっている。

「今日はもう終わったみたいなんだけど、さっきお湯の管理をしているおばちゃんがいたでしょ？　彼女の娘さんが、そこの小屋で、泥のエステをしてくれるみたいだよ」

手拭いで足を拭きながら、ナルヤがちらっと向こうにある小屋の方を見る。

「エステは好きだけど」

モンゴルでエステをするなんて、考えてもみなかった。

「明日もう一回様子を見に来て決めるよ」

それからまた、二人で天国への道を引き返した。

途中、遊歩道が壊れている箇所があり、そこに水溜まりが出来ていた。ナルヤが自然に手を貸してくれる。そんな仕草どこで覚えたのだろうと思いながら、私も私で、その手を当たり前のように受け取っていた。遊歩道に戻ってからも、少しだけ手を繋いだまま歩いた。ナルヤの手は、あの頃想像していたよりも少し小さい。

温泉のお湯が良かったこともあり、しょげそうになっていた気持ちは少しだけ立ち直った。正直、さっき案内されたゲルに入った時は、ここからすぐに逃げ出したいと思ったのだ。お父さんやお母さんが暮らしていたゲルとは、何かが違うと感じた。なんていうか、私が泊るゲルには、温もりがなかった。殺伐として、じめっとして。それに、カビ臭いような嫌な臭いも残っていたし。

晩ご飯はシェフが作ってくれると言っていたから、きっとおいしいご馳走が出るのだろう。けれど、気持ちを弾ませながらレストランゲルに行ってみると、すでにテーブルには、料理ののった皿が置かれている。ナルヤは、先に席について待っていた。

「秘密君は？」

料理ののったお皿は、二つしか置かれていない。

「彼は、知り合いの遊牧民の家に遊びに行ってる。それより、冷めないうちに食べようよ」

ナルヤが、私のカップにも紅茶を注いでくれた。

いただきますをして、スプーンを持ち上げる。ご飯を一口含んだ瞬間、私は泣きたくなった。一昨日炊いたような、冷たいご飯だった。その上には、トマトソースをからめて作ったような、肉の炒め物のようなものがのっている。こわごわ口に入れた瞬間、おえっとえずきそうになってしまう。お皿の上に山盛りよそわれた料理を前に、途方に暮れた。なんていうか、食べれば食べるほど、悲しくなる味だった。こんな不味い物、食べた記憶がない。不味いだけでなく、なんていうか、愛情を全く感じなかった。

「これって、本当にシェフが作ったのかしら？」

涙目になりながら、声を絞り出す。ナルヤは、こんな物を出されて平気なのだろうか。けれど、黙々と口を動かしている。

「もしよかったら、こっちも食べて。さっき、日本から持って来たお菓子食べたら、おなかいっぱいになっちゃった」

またしても嘘をついて、なんとかその場を取り繕った。一口食べただけで、すっかり食欲が消え失せていた。

「なんだか長時間の移動で疲れちゃったみたい。先に部屋に戻って、休むね」

　私はその場にいるのすら耐えられなくなり、ナルヤが私の分の料理を食べるのを見届けてから、先に席を立つ。ナルヤに心配をかけないよう、なるべく明るい声を絞り出した。

「おやすみなさい」

　レストランゲルの入り口で振り返ると、

「美咲、ゆっくり休んでね」

　いつも通りの調子で、ナルヤが声をかけてくれる。

「ナルヤも、運転で疲れているだろうから、ちゃんと休んでね」

「ありがとう」

　それから自分のゲルに戻って、真っ暗にならないうちに歯磨きをした。パジャマに着替え、布団に潜り込む。

　寝心地は、最悪だった。完全にベッドが曲がっている。数分横になっただけで、もう腰と背中が痛くなった。早く眠りに落ちて、朝が来ることを願った。けれど、体が冷えたせいか、眠りが訪れない。逆に、どんどん頭が冴えてしまう。日本から持ってきた時計の秒針の動く音が、鼓膜に突き刺さるようだ。やがて、風が強く吹くようになり、ゲルのテントがバタバタとはためき出した。うるさくて、ますます眠れなくなっていく。あっという間に暴風雨になっていた。

「ナルヤ、怖いよ、助けて」

頭からすっぽりと布団をかぶって、私は声に出してつぶやいた。その時ふと、モンゴルでも携帯電話が使えるという話を思い出した。こうなったら莫大な通話料金を請求されても構わないから、誰か友人にでも電話してみようと思った。ますます濃くなった闇の中で、バッグに入れてある自分のケータイを探し出す。けれど、せっかく海外でも使える設定にしたのに、圏外になっていた。

「もう！」

ケータイに八つ当たりし、布団の上に投げ飛ばす。本当に怖かった。強風で、ゲルごと遠くに吹き飛ばされそうだったのだ。再び布団にもぐって胎児のように体を縮めたら、涙が出てきた。一体、自分は何しにモンゴルに来たのだろう。一日でも早く、日本に帰りたい。

カップラーメンでもなんでもいいから、日本の食品を口にしたかった。もう、肉はたくさんだ。魚が食べたい。鯵《あじ》の開きでもサバの味噌煮でも、なんでも構わない。レトルトでも缶詰でもいい。日本食に思いめぐらせていたら、急激におなかが空いてきた。バッグの中を探せば、飴かガムくらいは見つかるだろう。けれど、行動に移すだけの気力がもう、私には残されていなかった。

「怖いよぉ」

自分の発した声だけが、空しく響いた。

外では何かが風に飛ばされているのか、時々破裂するような音がする。天窓の隙間から、雨が入り込んでいるのだろう。さっきから絶え間なく、滴の落ちる音が聞こえていた。どうやら雷雲は、真上にいるらしい。立て続けに、地響きの音が轟《とどろ》いている。地上に落ちるたび、地震のように地面が震えた。

もしかしたら、自分は死ぬかもしれないと思った。日本からこんなに離れた所で命を落として、母親には最後まで迷惑をかけてしまう。父が病気で亡くなったというのに、その何年後かにあっさり別の人と再婚した母を、私はどこか冷ややかな目で見てきた。それまでは仲のいい母と娘だったのに。でも、お母さんごめんなさい。母は母で、きっと淋《さび》しかったのだ。私を育てるために、男の人の力が必要だったのかもしれない。

私はまだ一度も、母の再婚相手をお父さんと呼んだことがない。私の父は、尾瀬の道を一緒に歩いた、あのお父さんしかいないからと、ずっと、田中さんと他人のように呼んできた。でも私の新しいお父さん、もし私がこのまま死んだら、母をどうぞよろしくお願いします。きっと母は、最初の夫に続いて一人娘まで亡くし、悲しみに打ちひしがれるだろうから。

まるで死ぬ間際のように、私はいろいろなことを思った。すぐそばに雷が落ちたらしく、その瞬間だけ、真昼のような明るさになる。ナルヤは、私の初恋の相手であるナルヤは、大丈夫だろうか？　こんな暴風雨では、テントなんて簡単に吹き飛ばされてしまうだろう。

けれど、少しずつ、嵐は遠ざかった。ゲルを打つ雨粒の音がフェードアウトし、風も次第に弱まっていく。相変わらず雷は鳴っているけれど、さっきまでの迫力とは違う。ようやく、安心して目を閉じることができた。


「昨日は、大丈夫だった？　ゲルごと、吹き飛んじゃうかと思ったよ」

朝、ゲルの前で歯を磨いてたら、ナルヤが向こうから歩いてきた。

「さすがに、テントだと危ないと思って、遊牧民のゲルに避難してた。美咲のことも心配だったんだけど、雷がものすごくて様子を見に来られなかった。ちゃんと寝られた？」

「まぁまぁかな」

まるで、暴風雨を体感する映像でも見ていたみたいだ。現実に起きていたことなのに、思い出そうとすると、夢を見ていたような気分になる。

その時、レストランゲルの入り口から、一人の背の高い男性が顔を出した。白いコック服を身につけ、頭にも立派なコック帽をのせている。嫌な予感がしていると、

「彼がこのキャンプのシェフをしているんだ」

ナルヤが親しげに彼を手招きしながら紹介した。顔や表情の隅々に、まだあどけなさが残っている。青年というより、少年という幼さだ。

「彼はいくつなの？」

自分でも驚くほどの素っ気ない声でナルヤに聞くと、ナルヤは彼にモンゴル語でたずねてから、

「ちょうど二十歳になったところだって」

と教えてくれた。もっと他に言いたいことがあったけれど、私はあえて口をつぐんだ。もしかしたら、昨日の料理は、シェフである彼ではなく、別の人が作ったものかもしれないし。

朝食の準備が出来ているらしいので、そのままナルヤとレストランゲルに向かう。出されていたのは、ナンだった。ほのかに期待して指で触れると、すっかり冷めている。一緒に、ジャムとクリームのような物が添えられていた。どうやら、朝食はこれだけらしい。ナルヤが、昨日と同じようにカップに紅茶を注いでくれる。不貞腐れたような態度で、いただきますをした。

「モンゴルの人って、あんまり温かい物を食べないの？」

昨日の白いご飯といい、今朝のナンといい、温かくない。ナンは、揚げたてには程遠い味だ。紅茶で飲み込まないと、いつまでも口に残ってしまう。

「そんなことないとは思うけど……」

私の不満が伝わったのか、ナルヤが申し訳なさそうにうつむく。ナルヤが悪いわけではないと百も承知なのに、この気持ちを誰かにぶつけたくなってしまう。

「今日はナーダムだから、おいしい物が食べられると思うし」

言い訳をする子供のように、ナルヤは声を細めた。

「ナーダム？」

そういえば、モンゴルに来る前も、ナルヤからそんな言葉を聞いた気がする。ナーダムという響きに気をよくしたのか、ナルヤが表情を輝かせる。

「モンゴル中が楽しみにしている、遊牧民のお祭りなんだ。毎年七月にやるのが決まってて、スポーツの祭典みたいなものかな？　モンゴル相撲と、弓と、競馬、三種目を競い合うの。ウランバートル近郊にある競技場で開かれるのが、テレビ中継もあって有名なんだけど、地方でも、その村ごとに小さいナーダムが開かれるんだよ」

「モンゴル相撲は知ってるよ。なんか、ピチピチのパンツはいて、頭に宇宙人みたいな帽子をかぶってやるやつでしょ？」

「まぁ、そんな感じかな」

「ナルヤもナーダムに出たことがあるの？」

ちびちびと冷めたナンを齧《かじ》りながらたずねると、少し間を置いてから、

「いや、競馬も相撲も弓も、本物には敵《かな》わないって」

しんみりとした口調で言う。その言い方はどこか、半分しか遊牧民の血が入っていない自分の立場を嘆いているようだった。それから、その気持ちを振り切るように、

「今日は、山羊を食べるって、みんな、大はしゃぎしてるんだ」

自分でも声を弾ませた。

「山羊って、その辺にいる山羊のこと？」

いきなり話題が山羊のことになり戸惑っていると、

「そう、一頭つぶして、蒸し焼きにして食べるんだよ」

当たり前のことのように、ナルヤが言う。

「ナルヤがそれをやるの？」

「いや、俺は……」

「なーんだ、ナルヤって、自分で遊牧民とか言っておきながら、できないんだ」

思いっきり茶化してやった。

「だって、生きている体に手を入れてさぁ、血管握らなきゃいけないんだよ。あったかいし、内臓とかもぐにゃぐにゃ動くし」

ナルヤが、心底気持ち悪そうな表情を浮かべている。

「そっか、遊牧民なら誰でも家畜の解体ができるって思ってたけど、そういうわけでもないんだね」

最後に残っていたナンを口に入れた。油で、指先がテカテカと光っている。

「お昼くらいから始めるらしいんだけど、それまでは美咲、どうする？　乗馬をするなら、遊牧民の人に馬を借りてくるけど。美咲、馬に乗ったことは？」

「えーっとねぇ」

つぶやきながら、私はある嫌なことを思い出していた。

「一回、伊豆大島に行った時に、乗ったことがあるけど」

それは、私の小学校卒業を記念して母親と行った旅行だった。その時に私は、母が再婚することを知らされたのだ。船に乗って出かけた伊豆大島を最後に、母と二人での旅行はしなくなった。今は、母の再婚相手と母と私の三人で行くか、それとも私が留守番をしているかのどちらかだ。

「乗馬はやりたいんだけど、とりあえず今日の午前中は、まだここに来たばっかりだし、荷物の整理とかしてのんびり過ごすよ。洗濯もしたいし、日本から持ってきた本も、まだ全然読めていないから」

仕事を辞めたのだから、もう慌てて新刊を読む必要もないのに、空港の書店である作家の最新作を見つけた瞬間、反射的にレジに持って行っていた。

「オッケー。じゃあ、何かあったらその辺にいると思うから呼んでよ」

ナルヤが席を立ちかけたので、

「あ、ここって、どこに行けばケータイの電波が入るかわかる？　昨日、こっちから電話をかけようと思ったら、全然ダメだったのよ」

日本のケータイも使えるなら、連絡事項などをチェックしたかった。

「俺も詳しくはわからないから、ここのスタッフに聞いておくよ。わかったら伝える」

「ありがとう」

言いながら、私も席を立った。

けれど、優雅に読書なんてできる環境では全くなかったのだ。

敷地の一角に東屋みたいな建物があったので、そこに座って本を読み始めたものの、風が強くてすぐにページがめくれてしまう。しかも、寒いのか暑いのか自分でもわからなくなるような天候で、急に気温が上がったかと思うと、またいきなり冷たい空気が流れてくる。その中間の、心地いい状態というのは皆無だった。その上、スタッフのかけている音楽のボリュームが半端じゃない。モンゴル中の人に聴かせているのかと思うほどの大音量で、日本でいうところの演歌のような曲が延々と流れている。本の内容に集中しようと思うのに、すぐに意識が逸脱した。

「うるさいよっ」

思わず日本語で怒鳴っていた。けれどその声も、演歌の歌声にかき消されてしまう。たった数十分外にいただけなのに、すっかり体が冷たくなった。ここにいても読書が進むとは考えられない。私は、ちょうど近くを通りかかったスタッフの一人に、英語で声をかけた。けれど、全く通じない。言い方が悪いのかと思って、別の言い方に変えてみる。けれど、それでも通じない。単語だけ強調してもダメだった。試しに日本語でゆっくり「おふろ」と言ってみても、やっぱり相手はぽかんとしている。もういい加減嫌になって、「ナルヤ」と言ったら、それはわかったのか、少しして、ナルヤを連れて来た。

「ナルヤ、私、ここのお風呂に入りたいんだけど」

他に言いたいことはたくさんあったけれど、グッと我慢して要件だけを伝えた。

「今、スタッフ達がパイプを修理しているらしい……」

困ったような表情を浮かべ、ナルヤは壊れたパイプの方を振り返った。

「そうなんだ」

「ごめん」

「ナルヤが謝るようなことではないんだから」

「でも、俺も同じモンゴルの人間として、申し訳なく思うから。せっかく美咲が来てくれたのに……」

ナルヤがあまりにも落ち込んだので、逆にこちらが気の毒になった。

「じゃあ、ケータイは？　そうだ、お散歩がてら、ケータイの電波を受信しに行ってくるよ。場所さえ教えてくれたら、一人でも大丈夫だから」

気持ちを切り替えてナルヤを見ると、

「えーっと、どうやらこの辺は、全く電話が通じないみたいなんだ」

眉間に皺《しわ》を寄せ、渋い顔を浮かべている。

「えっ、この周辺の、どの丘もダメってこと？　じゃあ、どこまで行けばいいか教えてくれる？　私、そこまで歩いて行ってくるから」

もしかしたら、辞めた会社の上司から、何か連絡が入っているかもしれない。引き継ぎとかもあるし、辞めてからも、連絡するかもしれないと言われていたのだ。けれど、

「それは多分無理だと思う」

ほとんど顔をうつむかせて、ナルヤが小声でつぶやいた。

「ここから車で、二時間半もかかる場所なんだって。しかも、たとえそこまで行っても、本

当に美咲のケータイが使えるかどうかはわからないし」

一気に絶望的な気持ちになった。

「でも、ここのキャンプには、電話があるんでしょう？」

何かあった時に連絡できる手段を見つけておかなくてはいけない。

「それが……」

ナルヤが顔を曇らせる。

「電話も通じていないんだって」

最後の一撃を食らった気分だ。視界に、鉄のシャッターが下りてくる。

「わかった」

ここは日本ではない。私が勝手にモンゴルに来ているのだから。そう自分に言い聞かせた。郷に入っては、郷に従えって、まさに今の私みたいな人間に向けて誕生した言葉なのだ。

「本当に、済まん！　俺も、これからパイプの修理手伝ってくるからさ」

片手拝みのポーズで、ナルヤが顔をくちゃくちゃにする。

「でもナルヤは、ここのスタッフでもないのに、そんなことまでするの？」

「関係ないって」

ナルヤはまっすぐな目で断言した。

「困っている人を見たら助けるっていうのは、モンゴル人にとっては普通の考え方だもん。それに俺は、将来そういうことに役立てようと思って、今、日本で必死に技術を学んでいるんだから」

「ナルヤが就職せずに今の仕事をしているのって、そういうことだったの？」

「まぁね。話せば長くなるけど」

私なんて、自分の道もまだわからずにいる。

「当たり前のことだって。モンゴルは俺の生まれ故郷っていうか、誕生の地だからさ。そこに恩返しがしたいだけなんだよ。ほら、鮭は最後、自分の生まれた川に戻るって言うだろ。あれみたいな、母川回帰だね」

やっとナルヤに笑顔が戻った。その顔を見たら、すっかり硬直していた私の心も、少しだけ水分を含んで潤った気がする。

「じゃあ、後でね」

私は自分のゲルに向かって歩き出した。

「パイプが直って風呂入れるようになったら、すぐ呼びに行くから」

ナルヤも別の方へ向けて歩き始める。日差しが強い。ほんの数分間日光を浴びていただけで、顔や背中がひりひりと痛くなっている。

昼食後、いくら待っていてもパイプが直りそうになかったので、仕方なく昨日ナルヤが案内してくれた源泉の方へ行ってみることにした。ゲルの中に閉じこもっていても、鬱々《うつうつ》としてしまうだけだ。パイプを直しているらしい現場の脇を通りかかると、ナルヤが服をびしょ濡れにして地面にしゃがみ込んでいる。一緒にいるのは、例のシェフと、見なれたスタッフ達だった。モンゴルでは、何でも自分達で修理するのが当たり前なのだろう。シェフは、いかにも新調したようなコック服を着ているより、パイプの修理をしている方がよっぽど似合っている。特に声をかけることなく、横を通り過ぎた。そして、草原の真ん中に続く天国への道を歩いている時、いきなり向こうから歩いてきた女性に声をかけられた。

「こんにちは。私、モチコと言います」

不安定な波の上で、無理やりサーフィンをするようなイントネーションだ。

「モチコ？」

突然日本語で声をかけられたことに驚いていると、

「もしよかったら、泥エステ、体験してみませんか？」

流暢とは言い難い、ロボットが棒読みをするような言い方で話しかけてくる。

すると、ナルヤが私達の会話に気づき、後ろから私を呼んだ。

「美咲！　モチコが、あそこのおばちゃんの、娘じゃなくて姪っ子だって。エステ、かなり気持ちいいらしいよ。地元の人にも人気みたい。彼女なら、日本語も話せるし」

ナルヤの言葉を最後まで聞くか聞かないうち、

「お願いします」

モチコさんに頭を下げた。

急に肉中心の食事に変わったからか、さっきからどうもお腹がパニックを起こしている。お父さんとお母さんの所にいた時は調子がよかったのに、こちらのキャンプに来てから、急に具合が悪くなった。下痢と便秘が両方やってきたような感じで、ずっとお腹がもやもやとして苦しいのだ。しかも、さっきから胃が握り潰されるように痛い。

ナルヤが料金の交渉をしてくれたが、日本のエステに較べたら驚くほどに安い金額だった。

モチコさんに続いて歩く。小屋まで辿り着くと、

「スパパンでどうぞ」

何やら意味不明の日本語を口走った。

「スパパン？」

真似して繰り返すと、

「全部、服、脱ぐ」

ぶつ切りの日本語で意味を伝えようとする。

「スッポンポンね」

意味がわかって私が言い直すと、

「そうそう、それそれ。スッポンポン」

モチコさんの顔に花が咲いた。いきなりさっき会ったばかりの人の前で裸になるのはちょっと抵抗があったけれど、日本の温泉だってそうだし、素早く服も下着も脱ぎ捨てた。

「ベッドに、横になってください。上向いてお願いします」

また、ロボット口調で言う。ビニールシートを敷いたシーツの上には、すでに真っ黒い泥が塗られている。背中をつけると、程よく温かい。仰向《あおむ》けに寝そべると、その上からモチコが沼のような所から泥を汲み上げ、首から順にかけてくれる。昨日入った温泉のお湯と同じ、ちょっと硫黄っぽいような、茹で卵の匂いがする。

熱めの泥が、本当に気持ちよかった。首、お腹、太もも、爪先《つまさき》と、あっという間に泥まみれになる。体が完全に泥で覆われると、モチコは、よいしょっ！　と掛け声をかけながら、私の体をシーツでしっかりと包み込んだ。手足の自由を奪われて、おくるみの中の赤ん坊のようだ。それを、さらにビニールでしっかりと覆ってくれる。

ビニールの内部に熱がこもって、さすがに熱い。モチコは更に、私の顔にも泥を塗ってくれる。自分では姿が見えないけれど、傍《はた》から見たら、かなり滑稽《こっけい》だっただろう。

モチコは、

「フィフティーンミニッツ」

と、それだけははっきりとした英語で言って、小屋を出て行った。泥に体が溶けてしまいそうな心地よさだった。

昨日ほとんど眠れなかったからかもしれない。すぐに意識が遠くなった。短い夢を見た気がするけれど、内容は覚えていない。とにかく、このまま永遠に泥にまみれていたいと思った。何度か自分の鼾の音にハッとしながらも、また眠りの世界に引きずり込まれる。モンゴルまで来て、泥エステをするとは。

モチコが歌をうたいながら戻ってきた。本当はもっとそうしていたかったのだけど、規定の時間があるのなら仕方がない。泥の中で、しっかりと汗をかいている実感があった。体に溜め込んでいた余計なものが出て、軽くなっている。

モチコが、ビニールシートとシーツを順に剝《は》がし、体についている泥を取り除いてくれる。

「すごく気持ちよかったです」

唇の周りに置かれた泥が口の中に入らないよう気をつけながら、小声で囁いた。

見ていると、モチコの仕事はかなりの重労働だ。実際に自分で触ってみると、泥は予想以上にずっしりと重たい。一度使った泥は、また沼のような所に沈めておく。その作業の一つ一つを、モチコが自力で行っている。

立ち上がって沼のような所まで移動し、そこに渡してある板の上にしゃがむと、モチコが背中にお湯をかけてくれた。肌が、しっとりと潤っている。まだ残っている泥は、自分でお湯をかけて洗い流した。顔にもお湯をかけると、自分の肌が赤ちゃんのようにもちもちする。

「体拭いたら、服着て、向こうのお風呂に入って温まって。今日はもう、無理しない。冷たい物、飲んだり食べたり、絶対にダメ。明日、体調すごくよくなってるね」

「どうもありがとう。バイラルラー」

両手を胸の前で合わせ、お辞儀をする。お金を払って、小屋を後にした。おばちゃんに言われた番号の部屋に入ると、ちょうどよく、お湯が満杯になっている。

「あー」

湯船に体を沈めると同時に、ため息がもれる。極楽だ。陽が暮れるまで、ずっとこうしていたい。やっと居場所を見つけた気分だ。昨日初めてここを見た時は、刑務所のお風呂場のようだとぎょっとしたのに。慣れたのだ。そのことに、自分でも驚いた。また、湯船の中でもうろうとした。

時計がないのでどのくらい入っていたのかはわからないけれど、すっかり気分をよくして小屋を出ると、モチコとナルヤが外で楽しそうに喋っていた。

「パイプ、直ったよ」

小屋から出てきた私を見つけて、ナルヤが声をかけてくれる。

「ご苦労さまでした。でも、こっちのお風呂も気持ちよかった。それに、モチコさんの泥エステがね」

「うん、今モチコから話を聞いてた。美咲、ずいぶん気持ちよさそうに眠ってたみたいじゃない。モチコが声かけても、グーグー眠ってたって」

そんなことをナルヤにばらされて、モチコが恨めしい。でも、お風呂上がりで気分がよかったので、さらりと流すことができた。それに、眠っていたのは事実だし。

「もう少し涼しくなったら、散歩に行こうよ。今モチコから、見晴らしのいい丘までの行き方を教えてもらったから」

ナルヤの横顔が、太陽の光に縁どられて金色に輝いて見える。

「そうだね、昨日からずっと運動していないし」

「じゃあ、俺もひとっ風呂浴びて、すぐ美咲のゲルに迎えに行くよ」

「後でねー」

そう言って、その場を離れた。見渡せば、壮大な景色が広がっている。モンゴルに来てから見慣れてしまったけれど、よく考えると、日本でこんな景色に出会えることなんてないのだ。やっぱり、モンゴルに来たのは正解だったのかな、と思った。また、心にかかっていたカーテンが、ちょっとだけ開いた。

お風呂上がりのナルヤと、散歩に行った。私は顔に、日焼け止めだけを塗った。今更化粧をする気になどなれなかった。けれど、歩いても歩いても、なかなか丘の頂上には辿り着かない。日本とは違って、建物とかがないから距離の感覚がつかみづらいのだ。ようやく頂上に着く頃には、すっかり息が上がっていた。ナルヤが、自分の腰に巻いていたシャツを、敷物の代わりに貸してくれる。それでも、ゴツゴツした岩場なので、お尻が痛かった。

なんだかいい香りがすると思ったら、ナルヤが水筒にコーヒーを入れて持ってきてくれたらしい。

「ちょっと薄いかもしれないけど」

ボトルごと、差し出してくれる。水筒に直接口をつけてコーヒーを飲み込むと、確かに、ちょっと薄味だった。持ってくる間に冷めてしまったのか、ぬるくなっている。でも、おいしい。

「ねぇねぇ、ナルヤに一つ質問があるんだけど」

もう一度コーヒーを飲み込んでから、ナルヤの方を向かずに聞いた。

「ナルヤの夢って、何？」

なぜだかモンゴルに来て以来、ずっとそのことを考えている。

「夢かぁ、夢って言えるかどうかは微妙だけど、やっぱ俺は、将来、モンゴルのために自分ができることをしたいと思ってる」

きっぱりと、ナルヤは答えた。それから、私が手にしていた水筒を取って、ゴクゴクとコーヒーを飲む。

「ナルヤは偉いよね。そのために、ちゃんと今、努力しているもの。私なんか、宙ぶらりんだもん」

「なんだよ、美咲らしくもない。俺、いまだに覚えてるぜ。お前が、図書委員長に立候補した時の、スピーチ」

「やめてよーっ」

本気で恥ずかしくなり、隣にいるナルヤの上半身を、軽く両手で押しつけた。本当に、内臓の隅々までが赤く染まって痒《かゆ》くなりそうだった。そんなことを、ナルヤがまだ覚えているなんて。

「えーっと、何だっけ？　本は、人生を豊かにする心の糧《かて》です、で始まったんだよな」

「だから、やめてってば！」

ナルヤの言葉を遮るようにして、声を荒らげた。でも、確かに私は全校生徒の前でそうスピーチしたのだ。そして、最後にこう締めくくったのだった。私は、たくさんの人に素晴らしい本を届けたいのです。だから、将来は編集者になりたいです、と。

今から思うと、図書委員長に立候補した時のスピーチなのに、なんて逸脱した内容だろうと顔から火が噴き出そうだ。でも、当時は大真面目だった。自分でも興奮して演説し、大きな拍手を得られたことに有頂天になっていた。

「恥ずかしいよ」

「そんなことないって」

「ナルヤの方が、よっぽど立派だったじゃないの。普通、転校生がいきなり生徒会長に立候補して、当選しないよ」

ナルヤは、二年生の春から私達の通っていた中学に入ってきた転校生なのだ。それまでどこにいたのかは、聞いたことがない。

「いやぁ、あの時の俺は最低だった」

「どうして？」

それは、全く予想外だ。ナルヤほど、みんなに好かれて、信望のあった生徒はいない。それでいて真面目すぎず、不良達からも慕われていた。ナルヤがその場にいるだけで、空気が弾むように活気を帯びた。生徒だけでなく、先生までもが、ナルヤのそばにいたがっていた。

「あの頃は、自分に嘘をついていたから」

「嘘？」

「そう、自分を偽ってた。ただ、人から好かれたくて、調子に乗っていただけなんだ。お袋はシングルマザーだし、だから息子がダメなんだって、周りに言われたくなかったんだよ。俺を産んだことで、お袋は実の両親とも絶縁状態になっていたし。幼いながらに、俺がお袋をなんとかして支えていかなきゃいけないって、勝手に思い込んでいたんだ。だから、周囲が喜びそうなことを先回りして、実行していただけなんだ。本当は、生徒会長なんてどうでもよかったのに」

「実行できるだけでも、すごいと思うけど」

「まぁね、でもちょっとコツをつかめば、そんなの簡単だよ。でも、アイツみたいに自分の意思を通すことの方が、本当はずっと難しいんだ。別に、自殺を容認しているわけではないけど」

やっぱり山田君のことだ。いつか、ナルヤときちんと話さなくちゃとは思っていた。ふと、もしかしたら私をモンゴルに導いているのは山田君なんじゃないかと思った。何の根拠もなく、ただの直感にすぎないけど。

　また、ナルヤの手から水筒をもらって、コーヒーを飲む。丘の裾野《すその》で、数頭の馬が、独特の掛け声を受けながらダッシュしている。

「ナルヤはさ、どうして就職しなかったの？」

　体育座りをした膝の上に顎をのせ、ナルヤの目を見てたずねた。核心に触れる質問だと、自分でも気づいていた。一呼吸置いてから、ゆっくりとナルヤは話し始めた。

「もう、自分に嘘をつくのが懲り懲りだったんだ。どうしてそう思ったかというとさ、アイツのお通夜に行った時に」

　そこまで喋ると、ナルヤは何かを思い出したのか、急に声を詰まらせた。唇をぎゅっと嚙みしめ、感情が収まるのを待っている。どうしていいのかわからなくなり、ナルヤの左手を取って、自分の両手に挟み込んだ。

「大丈夫」

　ナルヤがごくりと唾を飲み込むと、手を元の位置に戻して再び話し始めた。

「アイツのお袋に、お礼を言われちゃったんだ。息子と仲良くしてくれて、どうもありがとう、って。アイツ、大学に入ってからも、俺と親しいようなことを、お袋さんに話していたらしいんだ。本当は、ほとんど会っていなかったのに。その時、俺、アイツが自分の命を張って俺に無言で抗議しているように感じたんだ。嘘をつくな、って」

振り向くと、ナルヤは泣いていた。私と同じように、折り曲げた膝の上に顎をのせて。ナルヤの涙を見るのは初めてだった。

「それもあって、就職するの、やめたんだよ。本当に自分の生きたいように生きようって、思ったんだ。誰のためでもなくて、自分のためにね。それで、自分を育《はぐく》んでくれたモンゴルに、恩返しができるようになりたくて。何かをもらったら恩返しをする、これも遊牧民の基本だから」

「ナルヤ、なんか変わったよ」

「そう？　どんなふうに？」

「そうねぇ、この間久しぶりに会った時、前よりも逞しくなった気がした」

「それは、陽に焼けて色が黒くなったからじゃないの？」

「それもあるかもしれないけど、もっと内面的なことで」

それ以上、私には表現できなかった。

「美咲は？　美咲の方はどうなんだよ？」

「え？」

「だから、夢の話をしてたんだろ」

いきなり話題の矛先が自分の方に向けられて、途方に暮れてしまう。でも、ナルヤにすべてを打ち明けたくなった。自分がどんなに無様で意気地なしの人間か、洗いざらいすべてをさらけ出してしまいたくなった。

「私はね、私の夢はね、編集者になることだったの」

言うそばから、心の中に嵐が吹き荒れそうになる。

「なんで過去形なんだよ」

感情をぐっと堪《こら》えている私の頬を、ナルヤがなだめるように軽く指で突っついた。

「だって私、会社辞めちゃったもん」

私の方は、山田君の自殺が直接影響しているのかどうか、わからない。けれど、もしかしたら無関係ではないのかもしれない。

「本当に私、ずーっと編集者になりたかったんだよ、そのために、高校でもちゃんと勉強して、第一志望の大学の文学部にも入った。ずっと憧れてた出版社があって、大学一年生の頃から、何度も履歴書を送って、アルバイトをしたいって言い続けたの。それで、念願かなって、大学二年の夏休みから、アルバイトとして入ることができた。すっごく楽しくてさぁ。小さい会社だったからかもしれないけど、社長直々に仕事を教えてもらえることもあって、自分で言うのもなんだけど、仕事はきちんとしていたと思う。アルバイトなのに、かなり大事な仕事とか任されていたし。それで、上司が推薦してくれたこともあって、そのまま就職することができたの。それって、本当にすごいことなの。新卒はとらない会社だし、アルバイトから正社員になろうって狙っている人が、たくさんいるから。でも」

「でも？」

優しい声でそう言いながら、私の頬に伝う涙をナルヤが指で拭ってくれる。ここでナルヤに甘えてはいけない。私は、心を奮い立たせた。

「辞めちゃった。自分が編集者っていう肩書きを手に入れたとたん、なんだか無気力になって。あんなに憧れた仕事なのに、実際に蓋を開けてみたら雑用ばっかりだし。ある作家に心を込めて書いた手紙が、五回もダメ出しされちゃって。本当に嫌になっちゃったの。他の人は、一発で手紙がオーケーになったのに」

その時の屈辱を思い出すと、本当に体が震え出しそうだった。私はあの時、自分のすべてが全否定されたような気持ちになったのだ。それが決定打となって、辞表を出すに至った。

「後悔はしていないんだね」

批判することも慰めることもせず、ナルヤはまっすぐに私を見つめている。

モンゴルに来るまでは、絶対に自分の方が正しいと思っていた。けれどモンゴルに来てから、自分が正しかったのかどうか、曖昧になっている。取り返しのつかないことをしてしまったと思う反面、自分は編集者という職業に向いていなかったのだとも思った。両方の気持ちが、ずっと綱引きをして引っ張り合っている。

「これは、俺の数少ない人生経験から得た教訓だけど」

ナルヤは、丁寧に前置きをした。

「もし自分に行き詰まったら、もっと広い世界に飛び出して、自分よりも上を見るといいんだ。狭い世界でうじうじしていたら、もっと心が狭まってくだらない妄想に取りつかれるだけだもん。自分のことなんか誰も知っちゃいない、屁とも思っていない世界に自ら飛び込めば、自分がいかにちっぽけな存在か、嫌でも思い知らされるよ。そうすれば、開き直って、もっと成長できる。自分に限界を作っているのは、自分自身なんだ」

ナルヤは、わかりやすい言葉を選ぶようにして話してくれた。

ちょっと前の自分がまさにそうだった。小さな世界で一番になって、喜んでいた。全然大したことじゃないのに、すごく偉いことを成し遂げたような気分になって、自己満足に陥っていた。そして、そのちっぽけな世界で一番じゃなくなった瞬間に、すべての自信を失くしたのだ。

「そうだよね」

ナルヤの言葉が、じんじんと傷口に塩を塗るみたいに胸に響いた。

「二十歳過ぎたら大人になると思っていたけど、実際はまだまだ子供だなぁ」

両手を伸ばして投げやりな口調で言うと、ナルヤはそのまま後ろに倒れた。

「気持ちいいから、美咲もやってみろよ」

同じようにナルヤの隣に背中を倒すと、ナルヤの腕がそっと伸びて、腕枕をしてくれる。ちょっと恥ずかしかったけれど、ナルヤの好意をそのまま受け入れることにした。

寝転がると、空しか見えない。地球が丸い形をしているということを体で実感する。その時にふと、大事なことに気がついたような気になった。それを、なんとか言葉にしたくて、寝転んだまま、独り言のように言った。

「もともとまっすぐな地面なんて、ないんだねぇ」

だから、ゲルのベッドが曲がっているのだって、よく考えれば当然のことなのだ。

「ほんと、モンゴルに帰ってくると、それをすごく実感するよ。人間は、道路を真っ平らにならして、建物でもなんでも真っ直ぐな線で作ろうとするけど、自然界には、真っ平らも真っ直ぐも存在しないんだよ。歪《ゆが》んでいて当然なんだ。日本の、特に東京なんか、ほとんどが人工的な地面だろ。よくここまで几帳面にコンクリートで覆ったものだなぁ、って感心しちゃう。それはそれで、人間の技術が作り上げたものだから、すごいことなんだけど」

「私はそっちの世界の方が当たり前って思ってた。でも、違ったんだね」

言いながら、なぜだか涙が込み上げそうになる。背中の石ころ達のゴツゴツが、妙に愛おしかった。

「こうやって大地にごろんとしていると、恐竜の足音が聞こえてきそうな気がしない？」

「恐竜の足音？」

「うん、日本ではなかなか想像しづらいけど、こっちだと、恐竜が歩いていた頃の大地がさ、剝き出しのまま、まだ残っている気がするんだよね。この場所も、かつて恐竜達が大股でガッシガッシ歩いていたのかなぁ、とかって想像すると、恐竜の時代と今が、しっかりと繫がっている気になるんだよ」

「そうかなぁ」

私は横向きになって、地面に耳をくっつけた。目を閉じて、恐竜の足音に耳をそばだてる。けれど、それらしい音は聞こえてこない。

「ねぇ美咲」

ナルヤの声がする。目をつぶったままだからわからないけれど、多分私達の顔は相当近くにあるに違いない。

「何？」

とろんとした、甘い蜜の中に体を沈めているような気持ちになった。でも、その先に続く言葉を、ナルヤは言わなかった。私も、期待していなかったし。ただ今は、自分達の関係に名前を付けるのを保留にしたまま、ナルヤの腕枕で空や大地を見つめていたい。

「やっぱ、アイツが俺達をモンゴルに連れてきてくれたのかな？」

「私も、さっき同じことを思ってた。でも、どうなんだろうね。山田君、今頃後悔してるかな？　天国で。生きてたら、いろんな景色に出会えたのに」

「天国じゃなくて、地獄だろ」

きっとその言葉には、たくさんの想いが込められていたのだと思う。ナルヤはきっと、山田君のこともモンゴルに連れてきてやればよかったと、そう思っているに違いなかった。

「今頃アイツ、焼きもち焼いてるんだろうなぁ」

「どうして？」

「だってアイツ、お前のこと好きだったんだから」

「えーっ、知らなかったよ、そんなこと、嘘でしょう？」

「嘘じゃないって。でも、俺も好きだって言ったら、アイツ、自分から引いたんだよな。昔っから、そういう奴だったんだよ」

もしも、もしも私が山田君と付き合っていたら、山田君は命を絶たずに済んだだろうか。私は先生と出会わなかっただろうか。

ほんのちょっとした人との出会いで、人生が大きく変わったり曲がったり止まったりする。

本当に不思議だと思った。何年も会っていなかったナルヤと、こうしてモンゴルの空の下にいるなんて。

それからしばらく、山田君のことを想った。私に、一冊の本を残して死んでしまった山田君のことを。確かあれは、外国の人が書いた詩集だったと思う。そこに、何か深い意味が込められているかもしれなかったのに、私は山田君の密やかな気持ちに気づいてあげることもできなかった。あの頃よりも人生経験を積んだ今なら、寡黙だけれど決して信念を曲げない、強い意志を秘めていた山田君の魅力を、もっともっと感じることができたのに。もう、山田君そのものはいないのだ。

「そろそろ、ホルホクを作り始める時間だから、戻ろうか」

耳元でナルヤの声がする。

「なんで時間なんてわかるの？」

寝ぼけ眼をこすりながら、たずねた。ナルヤがずっと腕枕をしてくれていたことに気づき、ハッとして上体を起こす。

「だって、太陽の動きを見ればわかるじゃん」

「すごいなぁ、ナルヤはやっぱりすごいよ」

口元についているかもしれないヨダレを両手で拭いて誤魔化した。

空が、うっすらと赤い色に染まっている。

「また肉食かぁ」

ため息混じりにつぶやくと、

「遊牧民は、肉が主食なんだよ」

ナルヤも強い口調で返した。

ぶんぶんと両手を振って大股で丘を降りながら、ナルヤに聞いた。

「ナルヤは将来、遊牧民になるの？」

「多分」

「お寿司とか、恋しくならない？　あったかいシャワーのお湯とか、ウォシュレットのトイレとか、スタバとかコンビニとか」

適当に、日本では当たり前にあってモンゴルにはなさそうなものを挙げてみる。

「もしかしたら、すごく恋しくなるかもしれない。でも、意外と簡単に、そういう生活に慣れるんじゃないかなぁとも踏んでるんだ。便利な生活に慣れちゃうみたいに、不便な生活にも、結構すんなり溶け込むような気がしているんだけど」

「そうなの？」

と言いながらも、自分だって、あの刑務所みたいだと思った露天風呂にすっかり馴染んでいる。

「こっちは電気も電話もない暮らしだぜ。都会の生活から較べたら、原始人みたいなもんじゃん。でも、ここだって夜になったらもう電気もなくて真っ暗になるけど、そんなにパニックにはならないだろ？　ケータイだって、繋がらないなら繋がらないで諦《あきら》めがつくっていうか。逆に、自由になれる気がするんだけど」

「確かに、そうかもね」

「明日は、せっかくこっちまで来たんだから、馬に乗ってピクニックに行こうよ」

「そうだね、せっかく車に半日も乗って、来たんだもんね」

ようやく、モンゴルと仲良くなれそうだった。ずっと心に異物が紛れ込んでいるみたいで、ギシギシしていたのだ。

「あ、もうホルホクを作り始めているみたい」

向こうの草原で、焚火《たきび》を囲んだスタッフ達が騒いでいる。

それを見て、ナルヤが大声で彼らに話しかけた。いくら耳をそばだてていても、モンゴル語はさっぱりわからない。その声に、みんなが両手を上げる。

「陽が沈むと寒くなるから、何か上に一枚羽織る物を持ってきた方がいいよ。俺もテントに寄ったらすぐに行くから」

「はーい」

手を振って、ナルヤと別れた。

焚火の中で熱々にした石と、山羊肉をミルク缶の中に交互に入れて、最後にしっかりと蓋をして密閉させ、再度焚火の中で蒸し焼きにするのが、ホルホクと呼ばれる調理法だった。滅多にありつけないご馳走なのか、スタッフ達も、みんな興奮している。泥エステをしてくれたモチコも来ていた。モチコは日本語が話せる他に、モンゴルの伝統的な舞踏も踊れるらしく、料理ができるのを待つ間、みんなの前で踊りを披露してくれた。

一緒に馬頭琴を奏でてくれたのは、秘密君だ。これまでにも何度か、テレビで馬頭琴の音色は耳にしたことがある。けれど、生で聴く馬頭琴は、全然違うものだった。まるで、草原の草の一本一本にまで染みるように、響き渡る。しっとりと、柔らかいベールで大地を覆うように。モチコは、手先や爪先にまで神経を行き届かせながら、時に官能的な踊りを披露する。私は、秘密君とモチコに盛大な拍手を送り続けた。

山羊肉の蒸し焼きは、みんなが楽しみにするだけのことはあって、おいしかった。素手で骨を持ち、肉の周りについている繊維を丁寧に齧り取る。これが、地球の味なのだ。この地面に生える草だけを食べて育った、これこそが自然の肉だ。ナルヤは、私の何倍もの速さで骨に齧りついている。

「あー、おなかいっぱい」

最後の骨を皿の上に戻したところで、みんなが私の方を見ていることに気づいた。

何か顔に付いているのかと気になって、手のひらで頬に触れると、

「今まで美咲がほとんど食べないから、ずっと心配してたみたい。でも、今いっぱい食べてくれたから、安心しているんだよ」

ナルヤが耳元で教えてくれる。

「ごめんなさい」

自分の幼さを反省し、その場で頭を下げた。いつだって私は自分中心で、周りの人の愛情に気づくのが遅くなってしまう。辞めた会社の社長だって、私に期待してくれていたからこそ、例外的に社員にしてくれたはずなのに。

それにしても、胃袋が肉でぎゅうぎゅう詰めだった。苦しくて、その場でごろんと横になりたい。

みんな一通り食べ終わって、ようやく席を立つことができた。歯を磨いて、すぐさま布団に潜り込みたくなる。いい感じで睡魔が近づいている。昨日ほとんど眠れなかったので、今夜はぐっすり眠りたかった。

「おやすみなさーい」

機嫌よくナルヤに声をかけ、自分のゲルのドアを開けた。ほんの一口だったけれど、回ってきたウォッカを飲んだからか、千鳥足になっている。さっさと歯磨きを終え、パジャマに着替えて布団に入った。どうやら、今夜は昨日ほど寒くない。足先も、それほど冷えていなかった。

けれど、それが災いしたのだ。

騒ぎが、一向に収まらない。外にいても寒くないから、みんなゲルの外に出て騒いでいる。しかも、このキャンプの周辺に停めてある車から、大音量でヒップホップの音楽が流れ始めた。うるさくて、眠れたものではない。どうしてこんな大草原の中で、わざわざモンゴル語のヒップホップなんて聴かなくてはいけないのだ。昼間スタッフ達が聴いている演歌みたいな曲も最悪だけれど、ヒップホップはヒップホップで最悪だった。

以前読んだ本に、アメリカかどこかの少年刑務所では、問題行動を起こした少年達に、彼らが嫌いなタイプの音楽を聴かせて更生させると書いてあったのを思い出す。そうすることで、人の気持ちがわかるようになり、自分がいかに他人に迷惑をかけていたか気づくらしいのだ。まさに私が、更生させられる側の少年の立場だった。せっかくいい感じでモンゴルに馴染めそうになっていたのに、これではすべてがぶち壊しだ。

「うるさいっ！」

布団に入ったまま、大声で叫んだ。けれどもちろん、モンゴル人の彼らに日本語は通じないし、たとえわかるとしても、外の大音量にかき消されてしまう。自分の運命を呪いたかった。どうして、いっつも私はこうなってしまうのだろう。いいところまで行くのに、そこから一気に急降下して自爆する。今回の旅にしたって、気持ちが上向きになったかと思った瞬間下げられて、まるでジェットコースターに乗っている気分だ。眠りたい時に睡眠を妨げられることほど不愉快なことはない。

それでも、私は布団にうずくまってじっと我慢した。こんなに早い時間に眠ろうとした、自分の方が間違いなのだと。一方的に自分の立場を主張するのは、フェアではない。そんな傍若無人な旅行者にはなりたくなかった。私は、ナルヤの故郷であるモンゴルを、好きになりたい。その大地で暮らす人々のことも、全部含めて。だから、ただただ時間が過ぎ去るのを、布団の中で祈っていた。

けれど、夜中の十二時を過ぎても、騒ぎは一向に収まらない。逆に、火がついてしまっている。どこかからカラオケらしい音が聞こえ、別の所からは合唱のような歌声が響く。もともとゲルには布が数枚被せてあるだけだし、防音のことなんて、これっぽっちも考えていないのだ。円形だからか、音が回り込んで、余計にとてもよく響く。

「いい加減にしてよっ!」

大声で怒鳴って時計に目を近づけると、すでに夜中の二時を過ぎていた。我慢の限界だった。私はパジャマ姿のまま靴をはき、ゲルの外に出た。驚いたことに、大声を上げて騒いでいるのは、主にキャンプのスタッフ達だったのだ。草原で車を乗り回している。あきれ果てて、茫然と立ちすくんだ。

「ナルヤー、ナルヤー」

周りの声に負けないよう、お腹の底から大声で叫んだ。けれど、ナルヤには届かなかった。悶々としたまま、再び布団に潜り込む。やっぱり、モンゴルになんか来るんじゃなかった。来た私が間違っていた。空しくなって、涙がこぼれた。飛行機代だって、決して安くはなかったのに。もっと別のことに使うべきだったのに。私は、プー太郎の身分なのだ。他に、やることがいっぱいある。こんな所で、時間とお金を無駄遣いしている場合ではない。

ようやく騒ぎが収まったのは、明け方の四時近かった。もうすぐ夜が明けてしまうという間際に、私はやっと眠ることができた。けれど、眠りながらも怒っていて、少しも気持ちが落ち着かなかった。寝たのかどうかもわからないような、中途半端な睡眠だった。

「昨日は、うるさかったね」

翌朝レストランゲルに出向くと、少し伸びた顎鬚《あごひげ》に手を当てながらナルヤが先に話題に触れた。

「うるさかったなんてもんじゃないよ。全然眠れなかったし」

自分でも、相当怖い顔をしているのがわかった。でも、その顔以外に他の表情を取り繕う余裕などなかった。

「あんまりひどいから、ナルヤのこと、夜中に呼んだんだよ。聞こえなかった？」

ナルヤが悪いわけではないのに、つい言葉の通じるナルヤに当たってしまう。

「秘密君が聞いたみたいで、それで別の場所にいた俺を呼びに来てくれたんだよ。でも、美咲のゲルまで行ったら静かだったから。もし寝てたら起こすの悪いと思って」

「多分その時はまだ耳を塞《ふさ》いでる状態で、一睡もできていなかった。一番騒いでたの、誰だと思う？　ここのスタッフだよ。ねぇ、ここって一応、ツーリストキャンプなんだよねぇ？　どこにゲストの睡眠を妨害する宿泊施設があるっていうのよ。日本なら考えられないよ。私はただ、静かに眠りたいだけなのに。これって、モンゴルでは常識なわけ？　夜中に大音量で音楽聴いたり、大騒ぎしたりするの」

そんなことナルヤに言いたくないのに、八つ当たりが止められない。

「ごめん。多分みんな、ナーダムってことで、興奮してたんだ」

「ナーダムなんて関係ないよ！　それに、ナルヤに謝られたってこっちが困るだけだし」

「じゃあ、ここのスタッフ達に後でちゃんと謝らせる」

「もういいって、過ぎたことだから」

そこまで私が言ったところで、スープが運ばれてきた。肉以外では、ここに来て初めての、湯気の立っている食べ物だ。しかも、中に野菜が入っている。険悪なムードのまま、スープをすすった。本当は、おいしいスープが出てきて素直に喜びを表現したいのに。悔しくて、涙が落ちそうになる。ナルヤも、下手に関係を修復しようとせず、黙ったままだった。二人とも、黙々とスープを口にした。細切れにして入れられた肉から、いいダシが出ている。野菜も、じゃが芋、玉ねぎ、人参、ブロッコリーと盛りだくさんで、程よい柔らかさだった。

これなら、残さずに全部食べられそうに思えた。

「これって、あのシェフが作ってくれたの？」

やっぱり気になって、ナルヤに聞いた。ナルヤとこんな雰囲気で朝食を食べるのは、辛かった。

「エメーが作ってくれたみたい」

「エメーって？」

「あの、いっつもニコニコ笑ってるおばあさんがいるでしょう？　エメーって、モンゴル語でおばあさんっていう意味なんだよ」

また、残りのスープを口に含む。野菜の味が、体の隅々にまでそよ風を吹かせてくれるようだった。正直なところ、昨日一日全く野菜を食べず肉ばっかりの食事だったので、胃が相当疲れている。ナルヤと、ほぼ同時に食べ終わった。

不思議なもので、温かい野菜スープを飲んだら、さっきまでの燃えるような怒りが跡形もなく静まっている。

「馬で、ピクニックに行くんだっけ？」

私の方から、楽しい話題を持ち出した。

「そう、これからお弁当を作ってくれるらしいよ。美咲には、野菜入りの揚げ餃子を作ってくれるって言ってた」

「うれしい。じゃあ何時頃、出発する？」

「十時くらいにはここを出ようか。あんまり暑くなると、馬に乗ってるのもしんどくなるから」

「了解」

最後は元気にそう言って席を立つ。厨房に顔を出し、エメーにおいしかったと伝えた。厨房ではすでに、揚げ餃子の粉をこね始めている。

ナルヤと二人だけで馬に乗って出かけるのは、なんだかデートみたいで気恥ずかしかった。

ナルヤがスタッフ達に、昨日うるさくて私が眠れなかったことを伝えたのか、彼らは私に謝ってくれた。スタッフのみんなに見送られて、森を目指す。最初はゆっくり、歩くようなスピードで。私が乗っている馬の手綱をナルヤが握って、コントロールしながら一緒に並んで走ってくれるので安心だった。

乗り始めたばかりの頃は、座り心地が不安定で少し怖かった。けれど、ナルヤがうまくリードしてくれるおかげで、すぐに慣れることができた。馬のリズムに合わせて呼吸を整えていくと、少しずつ、馬と自分が一体になっていく感覚がわかってきた。

「美咲、その調子で。なかなかいい感じじゃない」

ナルヤは、すっかり馬と心を一つにしているように見える。

「怖い、って思うと、その気持ちは馬にすぐ伝わっちゃうからね」

「うん、だんだん慣れてきたから、大丈夫。馬に乗るのって、楽しいね」

空一面に、モンゴリアンブルーが広がっている。丘と丘の谷間の所を、私達は馬に乗って歩いていた。風が気持ちいい。一面に、緑が広がっている。そこには、電線一本、見当たらなかった。こういう風景は、今まで写真でしか見たことがない。あまりに普段目にしている景色と違うので、実感がなく、まるでコンピューターで作った仮想世界に迷い込んでしまったような、不思議な感覚だった。

しばらくぼんやりとしたまま進むと、だんだん足元の草が深くなってくる。ピンクや黄色、紫など、色とりどりの花が咲き乱れていた。お花畑を通りながら、馬は何度も止まって足元の草を食べている。見渡す限りの草原で、馬達はいくらでもご馳走にありつけた。

ようやく馬達が再び歩き始めた時だ。

「ぶっぶぶぶっぶーぶっぶっぶー」

まるで、何かの楽器を鳴らしたような音で、私が乗っている方の馬がオナラをした。

「うわっ、臭っせぇ」

ナルヤが顔をしかめる。私は、自分がしたわけでもないのに、なんだかちょっと恥ずかしくなった。すると、ナルヤが言った。

「人ってさ、なんで人前でオナラするのが恥ずかしいって思うようになるんだ？　だって、馬は平気でぶーぶーやるだろう？」

「確かにそうだね。人間の赤ちゃんだって、やるよ」

「だろ？　だから、馬が屁するたびにいっつも思うんだよ」

「どうしてだろうね」

そういうそばで、今度はナルヤの乗っている馬がオナラをしだした。馬のオナラは、人間みたいにブーッと一回で終わらない。歩くたびに、そのリズムに合わせてブーブー鳴る。まるで、音楽を奏でているようだ。

やがて、目的の森が見えてきた。今までずっと木を見ていなかったから、まるで植林をしたかのように一角にだけ細々と木が植えてある光景が不思議に思える。けれど、遮る建物などが全くないせいか、森までの距離はなかなか縮まらない。のんびりと行くしかなかった。

馬の動きに体を預けていると、ナルヤが歌をうたい始めた。私にはわからない、モンゴル語の歌だ。まるでナルヤの歌声に吸い寄せられるように、上空の雲が私達の頭上をさーっと移動して離れていく。

「美咲も何か歌ってよ。歌ってやると、馬も安心して機嫌がよくなるから」

一曲歌い終えたナルヤが、今度は私に矛先を向ける。

「歌なんて、何にも思いつかないよ」

本当に、その場でパッと歌える曲が思いつかなかった。

「じゃあ、わかる所だけ一緒に歌ってよ」

ナルヤはそう言って、ある日本語の歌をうたい始めた。私も、サビの所だけ、一緒に口ずさんだ。

ようやく森に到着し、久しぶりに地上に降りた。木陰に入ると、風が気持ちよかった。ナルヤは、二頭の馬を並べて木に繋いだ。

「ここで、しばらく休憩しよう」

リュックから敷物を取り出し、広げてくれる。慣れない乗馬のせいで膝が痛くなっていたので、私はすぐに敷物の上に座り込んだ。

「疲れた？」

「うん、ちょっと」

ゴクゴクと一気にペットボトルの水を飲み干す。そのまましばらく黙って、呼吸を整えた。普段使わない筋肉を使ったせいか、内ももや脹脛《ふくらはぎ》が強張《こわば》っている。ナルヤも私の隣に腰を落ち着け、遠くの丘を見つめた。そうしていると、この地球には自分達二人しか人が住んでいないような気になってくる。

「私、本当に恥ずかしい話だけど、こっちに来て初めてこういう景色を見た時に、ゴルフ場みたいだなぁって思っちゃった」

表現力の乏しさに、自分で自分が嫌になる。

「美咲だけじゃないって、俺も、久しぶりにモンゴルに帰ってくると、ちょっと変な感じになるもん。なんだか、自然が完璧すぎて、造り物みたいに思えるんだ」

「不思議だね、こっちの方が本物なのに。私達は、偽物の方に目が慣れすぎちゃっているのかな」

「でも、多分どっちも本物なんじゃないのかって、最近はそう思うようになってきたよ」

「どっちも本物？」

「うん、人間が一生懸命努力して手にした技術、それはそれで素晴らしいと思うから」

「ナルヤは大人だね」

そう言葉にした時、不意に胸の底から、マグマのような大きな感情の固まりがぶわっと地表に現れ出るような感じがした。脳裏をよぎったのは、山田君の笑顔だった。やっぱり、私をモンゴルに連れて来てくれたのは、山田君かもしれない。

「来て、よかったよ」

「本当に？　だって美咲、昨日から怒ってばっかじゃん」

「ごめん。私、大切なことを忘れているね」

自分でそう言ったら、さっき馬に乗ってお花畑を通った時に感じていたことを思い出した。

「花達が、みんなきれいに咲いていた」

たったそれだけを言っただけなのに、なぜだか涙が込み上げそうになる。美しく咲くように、私の両親は、そんな願いを込めて私に「美咲」と名付けたのだ。そのことを、ふと思い出した。

「美咲は、よくがんばったよ」

ナルヤの声がする。

「そうかなぁ」

「そうだよ、でも、もっともっと、がんばれるんじゃないの？」

ナルヤに核心をつかれた気がした。確かに私は、まだまだがんばれるかもしれない。このままでは終われない。やり残したことばかりだ。あの格好ばっかりのシェフのことをさんざん罵《ののし》ったけれど、私だって彼と一緒なのだ。同じだからきっと、彼に腹を立てたのかもしれない。外側だけで、中身が空っぽ。私も、「編集者」と書かれた名刺を手にしただけで、編集者になったつもりになっていた。間違っていたのは自分の方なのに、すべて周りのせいにしてしまっていた。

「私、取り返しのつかないことをしちゃったかも。自分で自分が情けなくなる」

「まぁね、そう思うことは、俺だっていっぱいある。だけど、生きていれば何回だって、やり直しがきくんだよ。生きていれば」

ナルヤは、ことさら強く、最後の言葉を強調した。確かに、生きてさえいれば、いくらだってチャンスはあるのだ。

「山田って、ロマンティックな奴だったよなぁ」

唐突に、ナルヤが言った。

「もう少しねばっとけば、あいつにもモテ期が訪れたのに」

「確かに、あのほの暗い感じは、女心をくすぐるかもね」

「無理に明るくふるまって、冗談言おうとするんだけど、全然面白くなかった」

「私達は目の前のことを見ていたけれど、山田君は、ずーっとずーっと先の方を見つめていた気がする」

モンゴルに来るまではぼんやりとしかなかった山田君の輪郭が、少しずつ少しずつあぶり出されるように鮮明になっていく。

ナルヤと、一通り山田君の思い出などを語り合った。けれど、結局最後まで、借りっぱなしになってしまった詩集のことは、ナルヤに言えなかった。このことだけは、山田君との秘密にしておこうと思った。山田君もそれを望んでいるような気がするし、私もそれを望んでいた。日本に帰ったら、もう一度本棚を探して、見つけたら、山田君が私に届けたかった言葉を読み返そう。今なら、山田君の何かがわかるかもしれない。

それから、気持ちを切り替えてナルヤに言った。

「一つ、お願いがあるんだけど」

ずっと、ナルヤに言おうと思っていたことだ。もう、言うチャンスは今しかない。

「何だよ、急に改まって」

ナルヤの顔を見たら恥ずかしくなってしまったので、私は丘の頂上を見ながら言った。

「私の泊っているゲルで、一緒に寝てくれないかな？　いや、変な意味じゃなくて。なんか、一人であそこに寝ていると、淋しいのよ」

だんだん自分がとんでもないことを言っているような気になって、混乱してしまう。ナルヤに、誤解されてしまったらどうしようと思った。

ナルヤは、しばらく考え込んでから、話し始めた。

「俺も、仙人じゃないからなぁ。すぐそこに好きな子が寝てたら、絶対に手を出してしまうだろう。もちろん、美咲がそれを了承してくれるなら、それはそれでいいけど。なんかそうなってしまうと、話が出来すぎちゃう気がするんだ。お袋と、俺は会ったことないけど親父がしたことを、ただ繰り返しているだけというか。それってなんか、あまりにハッピーエンドすぎない？」

私はただ、ナルヤに同じゲルで寝てほしいだけだった。でも、ナルヤが言っていることもわかる。私だって、好きになりかけている男の子が近くで寝ていたら、普通ではいられない。

「じゃあ、一つ提案なんだけど」

ナルヤは、真面目な顔をして言った。

「もちろんゲルの中で、愛を育むっていうのは、俺の、永遠の夢ではあるんだ。自分がゲルで誕生したように、俺も、って。でも、今の自分にはまだ、それをやる資格がないよ。だって、半分は遊牧民の血が混ざっているって言っても、実際はまだまだ遊牧民にはなっていないから。だから」

「だから？」

「今夜はすごく空が晴れそうだから、外で寝るっていうのは、どう？　寝袋に包《くる》まって」

ナルヤにはまるで、真昼の空に輝く星達が見えているみたいだ。

「いいよ」

夜になって、ナルヤと草原に並んで寝ているのを想像するだけで、うっとりする。

「俺は、秘密君の寝袋を借りるから、美咲は俺の寝袋を使ってよ」

「夜になるのが、楽しみになってきた」

とその時、ナルヤが言った。

「また、笑った」

「え？　笑ってなんかないよ」

「何とぼけたこと言ってんだよ。さっきだって、笑ってたし」

「いつ？　そんなの、覚えてないけど」

「さっき、馬に乗ってる時、美咲、笑ってたよ」

「知らなかった」

「そもそも、美咲はモンゴルに着いた初日から、笑ってたっしょ」

「嘘でしょう？」

「嘘じゃねーよ。ほら、最初の晩に外で歯磨きしながら」

「あんなに真っ暗だったら、表情なんかわからないじゃん」

「だって、声が完全に笑ってたもん」

「そっか、自分では気づいてなかった。自分のことって、自分じゃ全然わからないもんなんだね」

そう言いながら、私は降参するように、自ら笑った。

笑うとどんどん、気持ちがよくなってくる。いびつな形で固く結ばれていたリボンの結び目が、声を出して笑うたびに少しずつ解《ほど》けていく。

「あー、急に腹減ってきた。昼飯にしよう」

ナルヤが突然その場の空気を変えるように、大声で言う。

「そうだね、おなか空いてきたね、でも私、その前におしっこ」

言いながら、立ち上がった。目をこらすと、遠くの丘の表面に、羊の群れがいる。私もだんだん、遠くまで目が見えるようになってきた。

揚げ餃子のお昼ご飯を食べ、それからナルヤと昼寝をして、最後にみんなへのお土産にする野生のイチゴを摘み取った。

帰り道に、ナルヤは少しだけ馬を走らせた。来る時はずっとゆっくり歩いて来たのに、そのスピードを少しずつ上げていく。腰を持ち上げた方が楽なので、あぶみの上に立ち上がるような格好になる。歩くのと駈け足を交互に繰り返しながら、丘の谷間を移動する。

最後の数百メートルを、私は自分だけで馬に乗った。もう一人でも大丈夫だと、ナルヤが判断したのかもしれない。ナルヤの馬を追いかけるように、私の乗った馬も走り出す。

体が、風に紛れて消えてしまいそうだ。

「最高！」

絶叫しながら、馬と共に草原を駈け抜けた。ナルヤの馬は、土埃を上げながらぐんぐんと遠くの方へ走り去って行く。小さな世界に閉じこもって、ますます身を縮めてうずくまっていた自分を表面から剝がすように、たくさんの風を浴びる。傍から見たら大したスピードが出ていなかったと思うけれど、本人としては、競馬の騎手にでもなったつもりだった。ついさっきまでは小さく見えていた真っ白いゲルのシルエットが、もうすぐそばまで迫っている。

ナルヤが、先に着いて馬を繫いで待っていた。ナルヤの手に支えられて、馬から降りる。レストランゲルの奥にある厨房の煙突から、煙がたなびいていた。ここで過ごす最後の夜だ。

今日はどんなに不味くても、残さずに全部食べよう。

「風呂入って一休みしたら、食事の時間だね」

ナルヤが、空にある太陽の位置を見ながら言う。ここでは、時計なんて必要ない。時刻は、空にある太陽が教えてくれる。

「モチコさんにも会いたいから、泥エステがてらあっちの源泉の方に入ってくるね」

「了解。一緒に行こうか？」

「大丈夫、一人で平気」

突然、すべての景色がぐんと近づいた。

最後の夜にシェフが作ってくれたのは、天丼だった。本人は天丼のつもりかどうかはわからないが、冷たいご飯の上に、天ぷらがどっさりとのっかっていた。見るだけで食欲がなくなりそうな光景だったけれど、とりあえず決めたことは実行しようと、箸をつける。

天ぷらは、玉ねぎとじゃが芋とキャベツで、シェフなりに、なんとか肉を使わない料理を考えて作ってくれたのかもしれない。ただ、生まれて初めて食べたキャベツの天ぷらは、油を吸ってしなしなになっていた。

上から、塩と胡椒を豪快に振って胃袋に押し込む。お腹が空いていれば、何だっておいしいのだ。おいしい、おいしい、そう暗示をかけながら食べていたら、もしかしたらおいしいのかもしれない、という気持ちになってきた。

「美咲、胃にもたれるから無理しないで。残してもいいから」

そう言うナルヤの言葉を振り切るようにして、私は天丼を食べ続けた。かつてのダメな自分を征服するように。

最後の一口を口に含むと、さすがにお腹が爆発しそうだった。大食漢のナルヤでさえ食べきれない量を、私は全部食べたのだ。いい油など使っていないから、すぐに胃がモヤモヤとし始める。それでも、後悔はしていなかった。

紅茶を飲んで外に出ると、見事な夕焼けの空が広がっている。他のゲルに泊っている外国からのお客さんやモンゴル人のキャンパー達も、皆、空を見つめている。きれいすぎて、涙があふれてくる。どうしようもない感情を持て余して、その場にずっと立ちすくんでいたら、ナルヤが隣にやってきて、そっと私の手を取った。しばらく、二人で手を繋いだまま、呆《ほう》けたように夕陽を見る。濃いピンク色の、ちょっと怖くなるような色彩だった。空が、人間の勇気を試しているみたいだった。そして、あっという間に夜になった。

ナルヤが言っていた通り、風がなくて寒すぎることもない、私がモンゴルに来て一番気持ちのいい夜だった。ナルヤが、なだらかな丘の頂上の、わりと平らに近い場所に、寝袋を並べて二つ置いてくれる。寝床を奪われる形になった秘密君は、近くの遊牧民の家に泊りに行ったという。

寝袋の中に潜り込んで首元までファスナーを閉める。

「どう？　寝心地は？」

「うん、ちょっとゴツゴツして痛いけど、大丈夫」

「寒くなったり、やっぱりベッドで寝たいって時は、いつでも叩き起こして」

「ありがとう、でも、多分このままぐっすり寝ちゃいそう」

そう言うそばから、睡魔が押し寄せてくる。天井を全部残さずに食べたのがよかったのかもしれない。今までは、空腹すぎて眠れないことが多かった。

眠る間際、ふと目を開けて見上げると、ぼちぼち星が出始めていた。「夜」という名の細やかな粒子が天空から降り注いでくるようだ。その粒子が地面にしっとりと降り積もり、辺りにはしんしんと夜の気配が満ちてくる。今夜はきっと、見事な星空になるだろう。でも、睡魔には勝てそうもなかった。

「おやすみなさい」

最後の力を振り絞るようにして、ナルヤに伝える。

「私をモンゴルに誘ってくれて、どうもありがとう」

「こちらこそ。美咲が、俺の生まれ故郷に来てくれて感謝してる。あと、言い忘れてたけど、俺のナルヤって名前は、モンゴル語で太陽の光っていうのを省略して……」

ナルヤの言葉を聞くか聞かないうちに、私はことんと眠りに落ちた。

ふと誰かに名前を呼ばれたような気がしてハッと目を開けた時、夜空には満天の星が広がっていた。こんなにすごい星を、見たことがない。濃紺の夜空に、無数の星が散らばっている。一瞬、ナルヤを起こしてあげようかと思った。けれど、耳を澄ますと、ナルヤの寝息が聞こえてきたので、起こすのはやめた。いつかまた、ナルヤとはモンゴルを訪れるような気がする。多分、間違いなく。

私は今、かつて恐竜達が我が物顔で闊歩していたのと同じ大地の上に、寝そべっている。ようやく私にも、恐竜の足音が聞こえてきた。それは誰かの心臓の音に似て、どっくどっくと力強く響きながら、近づいては、また遠ざかっていく。

私はたった一人で目を開けて、しばらくの間、満天の星を見続けた。

サークル　オブ　ライフ

「はい、前菜の盛り合わせね」

マスターが、白のグラスワインに合う肴《さかな》を二、三みつくろって出してくれた。このバーに通うようになって半年、いや、もう一年近くになるだろうか。仕事帰りに一人で立ち寄り、軽く食事も済ませることのできる気さくなバーだ。近所にあって歩いて帰れることが嬉しくて、多い時は週に三日も四日も来てしまう。でも、本当の理由は他にある。

「こっちから時計回りに、砂肝のコンフィと、キノコのマリネ、あと、オレンジ色のがキングサーモンね。はい、楓ちゃんのマイお箸」

正直、味はまぁまぁなのだ。けれどマスターのこういうサービスが、殺伐とした会社社会で生きる私には、めっぽう気休めになる。私は自分の名前が書いてある箸を受け取り、前菜を食べ始めた。どうやらマサシ君はまだ店に来ていないらしい。

「そういえば私、来月取材でカナダに行くんですよ」

キングサーモンを口に含んだら、不意に思い出した。このちょっと土臭いような味が、苦手だったりする。マスターは、カウンターの向こう側で、熱心にシャンパングラスを磨いていた。

「それはいいじゃない！　いつ行くの？　今年は、百年に一度の鮭の大産卵が見られるらしいよ」

「来月のはじめ頃なんですけど。鮭の産卵、ですか？」

「そうだよ、楓ちゃん、何の取材かわかんないけどさ、その時期だったら絶対に見てきた方がいいって。俺だって、金さえあれば飛んで行きたいところだけど」

予想以上にマスターからの反応があり、少し面喰《めんくら》った。

「マスター、鮭がお好きなんですか？」

間の抜けた質問だったかもしれない。けれどマスターは、ますます目を生き生きと輝かせ、私からのとんちんかんな問いにもまじめに答えようとする。

「好きも何も、昔、学生の頃だけど、ある作家を追いかけてたことがあって。その人、もう死んじゃったんだけど。アラスカに住んで、動物の写真を撮ったり文章を書いたりする人でさ。当時の俺は、その人からもろに影響を受けちゃって、あの辺のインディアンのこととか、俺も自分なりにいろいろ調べたんだよ。あ、今はインディアンって言っちゃ、差別用語になっちゃうのかな？」

「確か、アメリカ先住民とか、そんな感じじゃなかったかしら？」

「でもまぁいいや、インディアンはインディアンだもん」

マスターが、どんどん早口になっていく。

マスターの説明によると、太平洋には五種類の鮭が生息しているらしい。今、私の目の前にあるキングサーモンをはじめ、紅鮭、銀鮭、カラフトマス、白鮭。鮭の種類によっては、遡上《そじょう》する時期も異なるのだそうだ。

「四年に一回、生まれた川に戻ってくるんだよ。冬季五輪の年と一緒。だから俺は、冬のオリンピックがあるっていうと、落ち着かなくて。そりゃあもう、すごい光景なのよ。川面が全部、真っ赤に染まって」

「でも、どうして自分の生まれた川にちゃんと戻ってこれるんでしょうねぇ」

私の場合、鮭に関する基礎知識はかなり乏しい。知っていることと言ったら、それくらいしかない。

「それがさ、わからないの」

マスターが、自信たっぷりに断言した。

「自然の摂理なんじゃないか、って言われている一方、大陸横断鉄道を工事したからじゃないか、っていう学者もいて、いまだ謎なのよ」

それからマスターは、鮭がどんなふうにペアを見つけ、産卵して死んでいくのかを、詳しく教えてくれた。でも、私にはいまいち鮭の産卵というのがピンとこない。マスターからの講義も、右から左に抜けていってしまう。カナダに行くこと自体、本当は億劫《おっくう》なのだ。

マスターが鮭について熱心に話す間に、マサシ君が店に入ってきた。私が客としてこの店に通ううち時々言葉を交わすようになり、ある時近所の公園でばったり会ってそのまま一緒に散歩して以来、親しくなった。なんていうか、マサシ君にはぎとぎとした男臭さが全くなく、はじめから、まるで昔から知っている同性の幼馴染《おさななじみ》といるような気やすさを感じたのだ。気がつくと、お互いの部屋を行き来して一緒にお茶を飲んだり、借りてきたＤＶＤで映画を観たりするような間柄になっていた。

マサシ君と、一瞬だけ目が合う。マスターにはまだ、私達が付き合っていることを報告していない。新入りでアルバイトの身のマサシ君と馴れ馴れしく会話を交わすのは、御法度だ。皿に残っていたキングサーモンの、最後の一切れを口に入れて咀嚼《そしゃく》する。どんなに鮭が神秘的な生き物でも、やっぱりこの泥のような風味はどうしても好きになれない。

「来月ね、取材でカナダに行くんです」

制服に着替えてカウンターに入ってきたマサシ君に、ぎこちない敬語で話しかける。マサシ君は無言のまま目だけで表情を作り、空《あ》いた皿を片づけた。ほんの数日なのに、マサシ君と会えなくなると思うと、急に切なさが込み上げてくる。

十月になり、私はカナダへと旅だった。十時間近いフライトの末、バンクーバー空港に到着する。体に粘土が詰められたみたいだ。全身、ぐったり疲れている。

ほとんど何も聞かれないヨーロッパの入国審査と違い、カナダのイミグレーションは質問攻めだ。何のために来たのか、職業は、どこに泊るのか、女性の係官はまくし立てるように聞いてきた。上司の知り合いの知り合いが、以前、同じカナダに入国する際、仕事なのに観光だと答えたせいで強制送還されたのだという。カナダは嘘をつくことに対して重い罰を科す。だから、慣れない英語を駆使してなるべく正直に答えた。

ただ一つ、カナダには初めて来たのか、という問いかけには笑顔で初々しくイエスと答えた。嘘は、大胆についた方がばれない。おかげで無事、入国審査を突破した。それだけでもう、一仕事を成し遂げた気分だった。

預けた荷物が出てくるのを待つ間、携帯電話の設定を海外モードに切り替える。しばらくして、二件、メールが入った。一つは会社の上司から、もう一つはマサシ君からだった。けれど、どちらもすぐに読む気にはならなかった。機内で一睡もできず、ひたすら小さな画面で映画を観続けたせいで、視界がぼやけている。早く、横になって休みたい。

ふたつ預けたスーツケースは、なかなか出てこない。ターンテーブルの周りでは、制服を着た女子高校生達がはしゃいでいる。窮屈なシートにずっと押し込められていたというのに、どうしてあんなに輝いた表情ができるのだろう。あの子達の目で見たら、私は立派な中年女ということになるだろうか。もしかしたら、彼女らの母親とそんなに年が変わらないかもしれない。引率する教師だって、見るからに私よりも若い。

大きい方のスーツケースはわりとすんなり出てきたのだが、もう一方がなかなか出てこなかった。そもそも、どうしてあれを持ってきたのか。自分でもよくわからない。旅に必要な物など何一つ入っていないのだから、このまま受け取らずに立ち去っても困らないだろう。どうせなら宇宙に放り出されたゴミのように、世界の果ての、名もなき空港に辿《たど》り着いて、永遠に私の手元から離れてしまえばいいのに。やがて、朽ち果ててしまえばいいのに。

そんなことを考えていたら、黒い暖簾《のれん》のような仕切りの奥から、見慣れたスーツケースが現れた。花柄の布地はほつれかけ、全体的にボロボロで、車輪も壊れ、ところどころガムテープで補強してある。こんなスーツケース、今どき誰も使わない。触るのだって嫌だろう。私だって、目にするだけでも気分が滅入るのだから。

誰も間違って手に取ったりしないから、スーツケースは難なく私の前まで運ばれてきた。そのスーツケースに近づこうとする私に気づき、横にいた白人男性がそっと後ずさる。あからさまに忌々しい態度はとらないが、極力距離を置きたい、できれば近づきたくない、その周囲に漂う空気も吸い込みたくない、そういう気配が伝わってくる。きっと、相手は精いっぱい呼吸を止めて、息をしないよう堪《こら》えているに違いない。

機能性に欠けるスーツケースは、重くて運びづらい。泥の中でタイヤを引きずって歩いているようだ。布地の繊維の周りに、退化した時間という怪物が、確かな質量を持って見えないカビのようにびっしりと絡み付いているのだろう。床を転がすたび、カタカタと不穏な音がする。

右手に自分の新しい黒のスーツケースを、左手にこの古びた花柄のスーツケースを持って空港の外に出た。すでに飛行機が着陸してから、二時間近く経《た》っている。空腹だったが、世界中どこにでもあるスターバックスに入る気にはなれなかった。

空港からダウンタウンに向かう電車の中で、ようやくリュックに入れてきた資料を開いた。本当は飛行機の中で読もうと思っていたのだが、窮屈な機内で文字を読む気にはなれなかった。成田をお昼過ぎに出発したはずなのに、時差のせいで、こっちは同じ日のまだ午前中だ。窓の向こうから、容赦なく強い陽が差し込んでくる。もう一度、今日という日を朝からやり直さなくてはならないなんて、うんざりだ。損をしたような、罰ゲームを受けているような気分になる。しかも、もう十月に入ったから寒いと思って厚着をしてきたのに、長袖のネルシャツの中で背中が汗ばみ、ぐっしょりと湿り気を帯びている。

上司からカナダへの出張を命じられたのは、半月ほど前のことだ。カナダと言われて、一瞬不意をつかれたような感じになった。私は、大手の編集プロダクションで働いている。今度、世界の環境都市をまとめた観光ガイドを作ることになったのだ。私はヨーロッパの担当なのだが、北米担当者が産休を取ることになり、急きょ、このカナダ取材のお鉢が回ってきた。主に、バンクーバーのグルメ事情の偵察を仰せつかっている。

もちろん上司は、私とカナダの関係など、知る由もない。それなのに、このタイミングでカナダと言われたことに、戸惑わずにはいられなかった。カナダはおろか、北米自体から、ずっと足を遠ざけてきた。適当な理由を見つけて、他の人に代わってもらうことだってできたはずだ。けれど、上司からの提案を私は受け入れた。やっぱり、タイミングとしか言いようがない。ふと、行ってみる気になったのは、すでにあの女がこの世から消えていたからに違いない。

今度カナダに出張に行くのだと報告した時の春子おばさんの驚いた声を、私は今でもはっきり思い出せる。

えっ？　そんな場所に行って、本当に大丈夫なの？

春子おばさんは、真っ先に私を心配し、大声でたずねた。

うん、仕事だから仕方ないよ。それに、あの人ももうこの世にいないし。

私は、きっと大丈夫だろうと自分で自分に念を押しながら、春子おばさんに伝えた。

それにほんの少し、自分の生まれた場所に足を運んでみたいという気持ちがあったのだ。

そんなふうに思ったのがどうしてなのか、自分でもさっぱりわからない。

それでも、バンクーバーに点在するという世界各国のレストランはかなり楽しみだ。カナダは移民の国だから、その中心地であるバンクーバーには、世界中の味が寄り集まっている。まだそれほど注目をされていないが、バンクーバーは美食の街なのだ。

さっきまで空《す》いていた車内が随分混み合っている。しかも、なんとなく雰囲気が違うと思ったら、いつのまにか電車は地下を走っていた。いろんな人種の人がいる。同じアジア人でも、タイ人か中国人か韓国人か日本人か、全く区別がつけられない。

少しでもスペースを空けようと、自分のスーツケースを体に近づけた。花柄の方から、うっすらとすえたようなカビ臭い匂いがして、思わず顔を背けてしまう。本当に、どうしてこんなもの、持ってきてしまったのだろう。絶対に、カナダで処分して帰りたい。

終点で電車を降り、そこからはタクシーに乗ってホテルへ向かう。確かに、私はカナダに来るのが初めてではない。だって私は、カナダで生まれたのだから。遠い記憶を遡《さかのぼ》れば、私の人生はこの地に辿り着くらしい。けれど、よく考えれば当たり前のことだが、見慣れた懐かしい光景などどこにもなかった。ここはまるで、近未来都市だ。キラキラと窓を反射させる高層ビルが、上空から突き刺した釘のようにそこら中に建っている。まだまだ発展途上なのか、建設中のビルもたくさんある。冬季五輪が開催されたばかりで、オリンピック景気に沸いているのかもしれない。どこか退廃的なムードが漂うヨーロッパの街並みとは違い、バンクーバーは若々しい活気に満ちあふれている。

ホテルへは、ワンメーターであっという間に到着した。このくらいの距離だったら歩けたかもしれないと思ったけれど、よくよく見ると坂が多く、ふたつのスーツケースを引きずって歩くのはやっぱり無理だっただろう。チップをどうすればいいのかわからず、メーターに示された料金だけ払って車を出る。トランクからスーツケースを出すアジア系の運転手が仏頂面を浮かべていたのは、チップを渡さなかったからだろうか。それとも、花柄のスーツケースに触れるのが嫌だったからだろうか。

ホテルは、コンドミニアム式の一室をおさえていた。四日以上の出張の時は、ほとんどこのタイプの部屋に宿泊する。たとえ夕食はレストランに行くとしても、朝や昼は手軽に自分で済ませることができるし、近所で開かれる青空マーケットで食材を入手し、それを味見することだってできる。

部屋は、高層ビルの十三階にある、白と黒の家具で統一された清潔な一室だった。壁一面が大きな窓になっていて、その向こうに小さく湾が見える。空気を入れ替えるため、ベランダに続く窓を少し開けた。ここから落ちたら、間違いなく即死だろう。あまりの高さに、ベランダの奥にまで出る勇気はない。それなのに、真向かいに同じように建つ高層マンションでは、私よりはるかに上の階の住人が、ベランダに椅子を出しコンピューターをいじっている。小さな物を落としただけでも、運が悪いと、下を歩いている人を直撃して、大けがか、あるいは死をもたらすかもしれない。怖くなり、そろりそろりとベランダの近くから後ずさった。

眺めのいいリビングの他に、キングサイズのベッドを入れた寝室があり、バスルームには浴槽もある。ここをたった一人で占領するなんて、最高に贅沢だ。よく考えると、私がふだん暮らしている部屋よりも広いではないか。リビングに戻って冷蔵庫を開けると、前の宿泊客が残していったのか、使いかけのマヨネーズとジャム、それにコーヒー豆が置いてある。食器棚にも、それなりに使えそうなシンプルな食器が揃っていた。

まずは、シャワーを浴びようと思った。お湯を溜めてその中に体を沈めたらそのまま眠ってしまいそうだったので、シャワーだけにする。お湯の出も温度も、申し分ない。お湯を当てると、自覚がないほどに、足先が冷たくなっていた。風船を膨らましたように、ふくらはぎから下の部分がパンパンにむくんでいる。日本から持ってきた愛用の石鹸《せっけん》を、体中にこすりつけた。今は現地で何だって調達できるけれど、石鹸だけは、必ずシナモンの香りのするお気に入りのを日本から持ってくる。それを使えば、緊張がほぐれ、世界中どこにいても同じ気持ちになれるからだ。使い慣れた石鹸で髪の毛も体も全部洗ったら、ようやくすっきりする。

そして、いきなりどかんと、鈍器で頭を殴られたみたいな強い睡魔に襲われた。半分意識を失いかけたままバスタオルで体の水滴をざっと拭い、かろうじてショーツだけ身につけ真っ白いシーツに滑り込む。

ジー、ジー、という低周波の音で目が覚めた時、辺りは薄暗闇になっていた。一瞬、自分がどこにいるかわからなくなる。あ、そうか、出張でカナダのバンクーバーに来ているんだっけ、そう頭の片隅で思い出しながら、ベッドを抜け出し、裸の体に使いかけのバスタオルを巻き付け携帯電話の方へ向かう。床にしゃがみ込み、リュックのポケットから電話を取り出した。ディスプレーに、「春子おばさん」と名前が出ている。

「もしもし？」

数時間ぶりに発した声の低さに、自分でも驚いた。

「無事、着いたのね？」

春子おばさんは、脳天に響くような甲高い声で聞いた。携帯電話を耳元から数センチくらい離しても、十分声が届きそうだ。

「うん、さっき着いて、今、休んでたのよ」

寝ていたところを奇襲され、思わず不機嫌な声が出た。眠りの途中でいきなり起こされたせいか、それとも時差のせいか、頭がずきずきする。

「ちゃんと着いたならいいのよ。起こしちゃったなら、ごめんなさいね。さっきお昼のニュース見てたら、カナダで山火事があったっていうから」

「カナダのどこ？」

私が問いかけると、春子おばさんは全く聞いたことのない固有名詞を口にした。

「大丈夫、多分そこは遠い所だから」

春子おばさんがこれ以上心配しないよう、私もその場所が具体的にどこにあるのか知らなかったけれど、適当に返事をする。カナダは、日本の何倍も広いのだ。広さの規模が全然違う。

「昔のことが何かわかったら、連絡するね」

春子おばさんは、それこそが今電話をかけているもっとも大事な用件なのだと言わんばかりの口調で付け足した。

「ありがとう、私も、何かあった時は連絡するから」

まだ眠りから覚めない声で、そう告げてから電話を切った。

携帯電話の時刻は、午後の一時半過ぎを示していた。ということは、日本を発《た》って、ほぼ丸一日経つということか。十月末まではサマータイムなので日本との時差は十六時間だから、つまりここバンクーバーは、夜の九時半ということになる。

これからもう一度ベッドに戻って、眠り直したい気分だった。けれど、もうそろそろこちらの時間に慣れておかないと、明日からの仕事に支障をきたしてしまう。私は、さっき取り出した着替えの中から、適当な服を選んで身につけた。日本から着てきた服は、ドラム式の洗濯機の中に放り込む。戸棚を開けたら、洗濯用洗剤も、まだたっぷり残っている。

寒いと思ったら、窓を開けっ放しにしていたのだった。昼間は日差しがあって暑かったけれど、陽が沈んだらとたんに肌寒い。閉めた窓から、階下を見下ろした。細い道を、まだ人が歩いている。ざっと見て、危険な感じはしなかった。軽く食事でもしに出かけようか。機内でもらったスナック以外、手元に食糧らしい食糧は何もない。大通りを選んで歩けば、そうそう危険な所はないはずだ。

エレベーターの中で、ようやく腕時計をこちら時間に合わせてみる。十月初旬のバンクーバーを吹く風は、冷凍庫の扉を開けた時のように、ひんやりする。襟首から冷たい手を入れられたみたいで、思わずぶるると身振《みぶる》いした。

多少の緊張はするけれど、ほとんど何の情報もなく勘だけを頼りに見知らぬ街に繰り出すこの感じ、私は決して嫌いではない。来た道を記憶に押し留めながら、角を曲がり、坂を上がる。もしも道に迷ったら、タクシーに乗ればいいだけのことだ。その時のために、コンドミニアムの建物名と住所だけは、紙にメモして持ってきてある。

心配するほどのこともなく、一本大通りに出てしまえば、そこはどこにでもある観光地だった。きっとこれが、バンクーバー中心部の主要な道なのだろう。誰もが知っている高級ブランドの店と、ギャップやベネトンといった若者向けのファッションショップが、程よく並んでいる。銀行があり、教会があり、地下鉄の駅がある。街並みの感じは、オーストラリアの都市に似ているかもしれない。バンクーバーの街を歩きながら、何度も、シドニーやメルボルンを歩いているような錯覚に陥る。

探さなくても、そこら中に飲食店があった。中華もイタリアンもファストフードも高級店も、なんでも揃っている。でも、まだ時間のリズムがいまいちつかめなくて、しっかり晩ご飯を食べる気分にはなれない。軽くおなかを満たせれば、それで十分だ。

大通りから適当に道を逸《そ》れて歩いていたら、大きなスーパーマーケットが見えてきた。来る前に、仕事の知り合いが教えてくれたオーガニック専門のスーパーだ。バンクーバーのスーパーはとても品揃えが豊富で、イートインコーナーもかなり充実しているらしい。レストランに行かなくたって、軽い食事はそこで済ませられると言っていたその人の言葉を思い出し、吸い込まれるように中に入った。今私が食べたいのは、まさにこういう肩の凝らない食べ物だ。

人の往来を見渡せる窓際の席に腰を落ち着け、ピタサンドを頬張った。日本では考えられないくらい、一人前が馬鹿でかい。薄く焼いたピタパンの間に、細切りのキュウリやレタスと茹でた鶏肉が入っていて、これ一つで、野菜も肉も炭水化物も全部とれる。本当は、デザートまでいきたかったのだけど、ピタサンドを食べただけでおなかがいっぱいになっていた。紙パックに入ったザクロ味のフルーツジュースで最後の一口を流し込む。これで五カナダドルもしないなんて、かなり得した気分だ。おなかが満たされたところで、スーパーの陳列棚の間をそぞろ歩く。

コーンフレークなどシリアル類が並ぶ棚を物色しながら、なんとも解放的な気分に包まれていた。どうしてなんだろうとよくよく考えたら、あのスーツケースを持っていないからだと気づいた。そうか、だからさっきから、呼吸が苦しくないんだ。

本当はもう、私は自由なのに。あの日から私は解放されたというのに。そばにスーツケースがあるせいで、このことに気づくのが遅くなっていた。やったー、ばんざーい、そう大声で叫んで、その場で高くジャンプしたい気分だ。お金があるなら、このスーパーマーケットごと全部買い取って、日本に持ち帰りたい。

そう思った時にふと、あの日、春子おばさんがかけてくれた電話の内容がありありと甦《よみがえ》った。私と春子おばさんが、自由になったことを知らせる、幸福なお知らせだった。

きっと春子おばさんも、あの時、今の私と同じ気持ちでいたに違いない。


やっと終わったよ。

電話口で、春子おばさんは、そう言った。

終わったって、どういうこと？

うすうす予感を抱きながらも、はっきりと春子おばさんからの言葉で知りたかった。

あんたのお母さん、死んだってさ。たった今、施設の人が連絡くれたんだよ。

そう告げると春子おばさんは、くすん、と電話口で洟《はな》を啜《すす》り上げた。その音が、決して悲しみに由来するものではないことを、私は十分知っていた。かといって、百パーセント喜びによるものか、と言われれば、そうとも言えないのだが。とにかく、唯一の身内である春子おばさんと私は、長い長い格闘が終わったことに、心の底から安堵していたのだ。

すっかり疲れ切り、身も心もぼろぼろになっていた。この感情を理解できるのは、何十億人も人間がいるこの地球で、私と春子おばさん、たった二人きりだった。

お葬式は？

遠慮がちに春子おばさんが聞いたので、
そんなの、するわけないじゃない、と言いかけたら、
そうだよね、死んだ後まであの人と関わるなんて、ごめんよね。

春子おばさんは、ほっとした声でそう続けた。

お骨《こつ》はどうする？

それでも春子おばさんは、「骨」とは言わず、「お骨」と表現した。それが、春子おばさんの春子おばさんらしさに思えた。

いらないよ。

ぶっきら棒に、私は答えた。今更母親の骨を渡されたって、邪魔なだけだった。

あっちの人達に、捨ててもらってよ。

自分の意思を正確に伝えようと、私は更に強い口調で付け足した。

そうね、楓ちゃんがそれでいいんだったら、施設の人に、そうしてもらうね。もらったって置き場所に困るだけだし、うちのお墓に入ってもらうわけにもいかないしさ。これ以上、

主人に迷惑かけるわけにもいかないの。第一、姉さんと同じお墓に入るなんて、私がご免こうむりたいもの。ね、楓ちゃんも、そうよね。

念を押すように、春子おばさんは言った。どうして同じ親から生まれたのに、姉妹でこうも違うのだろう。それは、永遠の謎だ。人間にはあらかじめ、個性というか、その人をその人たらしめるものが刷り込まれているとしか思えない。

それから私達は、ひとしきり、互いの労をねぎらい合った。

私と春子おばさんは、共に同じ敵を相手に命をかけて闘った同志であり、戦友だ。もしもこの世に春子おばさんという存在がなかったら、私はすでにこの世界にはいなかった気がする。だから、かろうじて人の心を持ち、こうして普通に仕事をしているのは、すべて春子おばさんのおかげなのだ。

その電話を切る間際に、あ、そういえば、と春子おばさんが言い出したのだった。その口ぶりは、少しも、たった今思い出したという感じではないのがおかしくて、いかにも演技の下手な春子おばさんぽくって笑いそうになった。

どうしたの？

うん。

春子おばさんは、言いにくそうに、言葉を継ぎ足した。

自分が死んだら楓ちゃんに渡してほしい、って預かってるものがあるの。

春子おばさんは、一度だけだが、母親が収容されたという施設まで、会いに行っている。

数年前、ホームレスになった母親を見つけたのもまた、春子おばさんだった。

私は、気を取り直して春子おばさんとの会話を続けた。

それって、何なの？

勝手に残されても、私はそんなもの、一切欲しくはなかった。けれど、何なのかは少しだけ気になった。

旅行鞄よ。

春子おばさんが、ため息混じりにつぶやいた。

私が街角で見つけた時も、それを引いて歩いてたの。

身内がホームレスになるなんて、誰だって嬉しいことではない。けれど、もう私にも春子おばさんにも、そこから救い出すことはできなかった。それまでに、さんざん苦しめられていたから。もうこれ以上、あの女と関わるなんて実際問題として無理だったのだ。

鍵と一緒に、渡されてるの。

春子おばさんの、ほとほと困り果てた声が響いた。

それって今、どこにあるの？

春子おばさんが悪いことは何もないのに、つい、つっけんどんな言い方になってしまう。私になど何も言わずに、さっさと処分してくれればいいのにと思ったのだ。春子おばさんのその誠実さに、ちょっと苛立《いらだ》った。

うちの物置。

春子おばさんの尻すぼみの声は、最後はほとんどかすれた息だけになった。それからしばらく、沈黙が流れた。重たい鉛のような時間だった。

わかった、じゃあ着払いで、うちの住所に送っといてくれる？　平日は遅くなっちゃうから、土日のどっちかにしてくれると助かる。時間は、お昼過ぎの方が、いいな。

つとめて明るい声を絞り出した。これ以上、春子おばさんに甘えてはいけない気がした。私に代わって、春子おばさんが全部、面倒なことを処理してくれたのだから。

電話を切る間際に、私は言った。

春子おばさん、ありがとうね。

その言葉を言ったら、なんだか急に涙が込み上げてきた。母親が死んだことなんて少しも悲しくはないのに、今までのいろんなことを思い出したら、ただただ辛くて泣けてきたのだ。

今更何を言ってるのよ。

そう話す春子おばさんの声だって、涙で思いっきり湿っていた。

だって、もとはといえば、うちの母が、産んだわけでしょ。母に代わって、後始末をしているだけ。

春子おばさんのその責任感の強さに、頭が下がる思いがした。それだったら、尻拭いをしなくちゃいけないのは、娘である私の方かもしれないのに。

こうして、この会話があった週末に、花柄のスーツケースと小さな鍵が私の元に届けられたのだ。でも、どうしても中を開ける気にはなれなかった。かといって、そのまま捨てることもできなかった。中に、腐敗した遺体の一部でも入っていたら大変なことになる、と思ったのだ。

これが、一月半ほど前の出来事だ。母が死んでから、まだ春子おばさんには会っていない。もう、血が繋《つな》がっていることで面倒なことに巻き込まれるのは懲り懲りだから、あんまり関係を近づけたくない。私は内心、そんなふうに考えていた。

解放された両手を、ぶらぶらと大きく振るように歩いた。

バンクーバーの街は、地図を見なくてもなんとなく把握することができる。最初に通った大通りさえ覚えておけば、間違いない。ヨーロッパと違い、奇妙に歪《ゆが》んでいるような道も少ないから、よっぽどの方向音痴でない限り、迷うこともない。コンドミニアムの場所を頭の片隅に留めながら、来た時とは違った道順で帰ってみる。

部屋のあるタワーに近づいたので、コンビニに入って水を調達した。こちらにも、日本と同じ看板を掲げるコンビニがあって心強い。バンクーバーの水道水が果たしてそのまま飲めるのかどうか定かではないが、買っておくにこしたことはない。明日の朝は近所で目星をつけたカフェにでも入ってみようと企んでいるから、買うのは水だけにする。

店に入る時は気がつかなかったのに、ドアを開けたらいきなり紙コップが差し出された。

「マネー、ギブミーマネー」

うつろな目でそう囁《ささや》くのは、女の浮浪者だ。よく見ると、コンビニの周りには他にも浮浪者がうろついている。一瞬、母親かと思って身構えた。これから冬に向かうというのに、裸足のまましゃがみ込んでいる。

もう、こんな所にいるはずがないのに。一瞬怯《おび》えてしまった自分にあきれてしまう。

死んだんだよ。

いまだにあの女の面影に怯えている私に、もう一人の私が、そっと耳打ちする。本当に私は、あの女が死ぬまで、ずっと怯えていたのだ。町を歩いていて、どこかで遭遇してしまうのではないか。私を見つけたあの女が後ろを追いかけてくるのではないか。そして、さっきの女と同様に、何か恵んでくれ、助けてくれと、垢《あか》で汚れた手を伸ばしてくるのではないか。

そう思うと、会社への行き帰りや週末のショッピングさえ、恐ろしかった。段ボールが視界に入るたび、ぞくっとして目を逸らした。その習性が、まだ私の体に染みついている。

こんな時、私は決まって思うのだ。人間には、二種類いると。

親に恵まれた人々と、親に恵まれなかった人々だ。

この二種類の人達は、互いに一生、相手を理解することはできないだろう。親に恵まれた人達は、私のような親に恵まれなかった人間の苦しみや葛藤、悲しみを、心から感じることはない。哀しいけれど、そうなのだ。

重たいペットボトルを両脇に二本抱えて部屋に戻ると、テーブルに置いていった携帯電話が光を放っている。見ると、マサシ君からの着信履歴が残されていた。付き合い始めて、まだ数カ月しか経っていない。彼にはもちろん、あの女のことを話していない。ホームレスだった母親の子と知ったら、尻尾《しっぽ》を丸めて逃げ出すだろうか。彼はまだ二十代だ。私より、七歳も若い。複雑な家庭環境で生まれ育った私なんかと、一緒にいない方がいいに決まっている。深みにはまる前に別れてしまおうと頭では思っているのに、けれど実際は、どんどん深みにはまっている。こんな夜には、声を聞きたくなる。でもきっと、仕事に行く道すがら電話をかけてくれたはずだから、私からは折り返さなかった。

もう一度シャワーを浴びてから寝よう。足湯をするため、浴槽にお湯を満たす。お湯を溜めている間、来ていたメールにざっと目を通した。ふと顔を上げると、同じように真向かいの部屋の一室で、携帯電話の画面をのぞいている女性がいる。私の部屋は薄暗くしているので向こうからは見えないだろうが、ブラインドも開けっ放しにして照明を点《つ》けている部屋は、こちら側から丸見えだ。料理を作っている人、電話で話している人、何か熱心に机に向かっている人、カップルでテレビを見ている人。まるで、実験室に積み上げられたネズミのケージのようだ。そして私も、そんなネズミの一匹だ。

お湯に数滴ラベンダーのオイルを垂らし、ゆっくりと足湯をする。こうすると、体全体に血が巡り、よく眠れるようになる。だんだん、背中がしっとりと汗ばんできた。よく考えると、私は随分長い一日を過ごしている。何が何だかわからなくなりそうだった。さすがに、目もしょぼついてきた。体が温まったところで、浴槽のお湯を抜き、シャワーを浴びる。バスルームを出て、崩れ落ちるようにベッドの中に潜り込んだ。

メープルちゃん、メープルちゃん。

誰かが呼んでいる。

誰かといっても、私をそんなふうに呼ぶのは、あの女しかいない。でも、声が聞こえるだけで、私からは姿が見えない。

死んだのにどうして声が出せるのだろうと思ったけれど、それ以上深くは考えられない。

メープルちゃん、メープルちゃん。

また、そう呼ぶ声がする。

でも、今度はあの女じゃない。男の声だ。

よく、私と湖で遊んでくれた人。腕にぶら下がったり、肩車をしてくれた人。

でも、名前はもう思い出せない。思い出したくもない。

メープルちゃん、こっちおいでよ。一緒に、おままごとして遊ぼう。

その男が手招きする。

行っちゃダメ！

私は、声を出そうとする。けれど、何度も何度も必死で呼び止めるのに、どうしても声が出ない。体を動かそうとするのに、はりつけの刑にあったみたいに動かせない。

絶対に付いて行っちゃダメだってば！

全身の力をふりしぼり、声にならない声で叫んだ。その瞬間、あーっという自分のうめき声で目が覚めた。

夢でよかった。

まだ、さっきまでいた夢の中の恐怖が、濡れた毛布のように体を重たく覆っている。心臓が、カゴの中で行き場を失ったハムスターみたいに震えている。

夢でよかった。

もう一度、確かな気持ちでそう思った。それから喉が渇いていることに気づいてベッドを出る。時刻はわからなかったが、真っ暗だ。それでも向かい側のタワーでは、まだコンピューターの画面に見入っている男性がいる。案外、眠ってからそんなに時間が経っていないのかもしれない。

普通の水のつもりで買ってきたミネラルウォーターは、炭酸入りの方だった。強烈な泡が、口の中で四方八方に飛び散っている。しっかりとキャップを閉めてから、冷蔵庫に戻す。中が眩《まぶ》しすぎて、思わず顔をしかめてしまう。

嫌なことを思い出した。

自分の体温で温《ぬく》まったベッドに戻ってから、目を閉じて呼吸を整える。

やっぱり私は、あの女の呪縛から解かれることは永遠にないのかもしれない。

本当にこの闘いが終わりを迎えるのは、あの女が死んだ時ではなく、私自身がこの世からいなくなった時なのかもしれない。この苦しみは一生続くのかもしれない。そう気づいたら、みるみると気持ちが萎《な》えて、絶望的になる。未来への憧れも希望も、どこにも見出せない。

子どもは、どうしたって親を選べないのだ。親子関係は、くじ引きみたいなもので、くじ運が悪かった私には、一生「凶」がつきまとってしまう。この体にあの女の血が流れている限り、そして私の体が生命活動を続ける限り、私はずっと背負っていかなければいけない。

やっぱり、希望なんて存在しないと、唐突に思った。誰も、私を救ってはくれない。ベッドに戻っても眠れなくなり、気がつくと、あの女のことばかり思い出してしまう。

私を産んだ母親は、ヒッピーかぶれだった。

十代の頃、勝手に実家を出てからは、音信不通だったそうだ。

自由や平和を掲げる集団に属し、世界中を転々としていたらしい。その都度、森の中に自分達のコミュニティを作り、自給自足の暮らしをしていたという。そして、私を身ごもった。当然、父親が誰だかなんてわからない。もしかしたら私には、まだ私が行ったことがないような遠い土地に暮らす人種の血が混ざっているのかもしれない。私は背が高いし、鼻も鉤鼻《かぎばな》で、平均的な日本人より彫《ほり》が深い。普通に町を歩いていても、よく外国語で話しかけられたりする。私はどこから来たのだろう。ずっと、迷路の中を彷徨《さまよ》っている。

記憶の底の底の方で、うっすらとだが、森の中で暮らしていたことを覚えている。母親は私を抱いたまま、よく何か棒状のものを口にくわえていた。今から思うと、きっとマリファナか何かだったのだろう。それを、片時も手放さなかった。

そこにはいろんな人がいて相手をしてくれたし、同世代の子もたくさんいたから、遊びには事欠かなかった。ほとんど半裸のような格好で野原を駈け、木をのぼり、虫をつかまえて遊んでいた。生まれてからそういう暮らししか知らないから、それが当たり前だと思っていた。完全に社会から切り離されていて、だから当然、私の出生届も出されていなかった。病気になった時は、植物などの自然の力や呪術で治したのだと思う。

あまりはっきりとは覚えていなかったけれど、私はそのコミュニティの中で、結構楽しく暮らしていたのかもしれない。あのことが起こるまでは。

メープルちゃん、メープルちゃん。

母親だけでなく、当時は他の人達も私をそう呼んだ。

けれど、そこに集まっていたのはきっといろんな国の人達だから、「ちゃん」は付けず、「メープル」だけだったかもしれない。とにかく、私はある時、あの男にそう呼びかけられた。

こっちで、一緒に遊ぼうよ。

甘い声で誘いながら、森の奥の方へ手招きする。あれは、昼間だったのか、夕方だったのか。とにかく、夜ではない時間帯だった。その時母親は、輪になった人達と一緒に楽器を鳴らしながら踊っていた。私は、その集団からそっと離れて、男の方へと近づいた。浅はかにも、何か楽しい遊びに違いないという幼い希望を胸に抱いて。

そばに行くと、男は手を繋いで歩き出した。もう顔も名前も覚えていないけれど、私はその人のことが好きだった。母親は私をあまり気にかけてくれなかったが、その人は子どもの私の相手を熱心にしてくれた。踊りも上手だし、歌もうたえるし、一緒に遊んでいて、とても楽しい人だった。だから、少しずつ楽器の音が遠ざかっていったけれど、私は気にすることもなく歩き続けた。

やがて、薄暗い森の奥に辿り着いた。満月の夜などに、夜通し儀式のようなことをやる場所だった。これから何をして遊ぶのだろうと男の方へ近づいた時、男がくるっと私の方を振り向いた。ズボンを下ろし、下半身を剝き出しにして。

何が起こっているのかわからず、けれど怖くなって私は逃げ出そうとした。でもその時、今まで経験したことがないような乱暴な仕草で、ぎゅっと髪の毛を鷲摑《わしづか》みにされたのだ。体の向きを無理やり変えられ、男の足の付け根にある棒状のものを、ぎゅっと唇に押し当てられた。

生温かい感触が口の中に侵入しようとするのを、歯を食いしばって必死で堪えた。息ができないほどに苦しかった。男が、しきりに自分の手を動かしていた。助けて、助けて、心の中で必死に母親の助けを求めていた。

　数秒後、口の中に苦いような粘つく液体が流れ込んできた。気持ち悪くて、思わず吐き出すと、ふと背中を押さえられていた力が緩んで、恐る恐る見上げると、男が薄笑いを浮かべていた。何かが終わったのだと察した私は、その場から一目散に逃げ帰った。木の根っこや石に足を取られ、何度転んだかわからない。とにかく、走れるだけの全速力で、母親達のいる方へ駆け込んだのだった。

　私は、母親の胸元に飛び込んだ。けれど、今起こった出来事を、正確に説明することなどできなかった。ただただ、力任せに母親の体にしがみついた。けれどその両手を、あの女は無造作に払い除《の》け、自分だけ、横にいる男の胸元に体を預けたのだ。

　そんなことが、幾度か繰り返された。そして、私は自力でコミュニティを抜け出した。とにかく当時のことは、嫌なことが点々と数珠のように記憶の糸に連なるだけで、それ以外のことが上手に思い出せない。ただ、ここにいたらダメになる。その気持ちだけは確かだった。

　多分、戸籍もない子どもが日本に戻るには、相当な手続きが必要だったと思う。けれど、まだ会ったことも抱きしめたこともない姪のために、ただ自分と血が繋がっているという理由だけで、春子おばさんは奔走してくれた。

　カナダから日本に戻され、成田空港に迎えに来てくれた春子おばさんと初めて会った時の、ぎゅっと私を胸に抱き寄せたその腕の力強さと温もりを、私は生涯忘れないだろう。それからも春子おばさんは、私と同世代の息子や娘がいるにもかかわらず、私を施設に入れるための準備をしてくれたり、施設に入ってからも週末ごとに面会に来てくれたり、大学を受験する時は入学金を出してくれたり、人生のあらゆる岐路で支え、導いてくれた。だから、こうして私が今、普通の日本人として生きていられるのは、すべて春子おばさんのおかげなのだ。

私の心を占めるのが、あの女から春子おばさんにすりかわった時、私は自然に眠ることができるようになった。いつだって春子おばさんは、私に安らかな子守唄をうたってくれる存在だ。

バンクーバー滞在の実質的な一日目、昨日から目をつけていた駅のそばのカフェに入ってブランチを食べる。圧倒的にピカピカとした新しい建物が多い中、このカフェが入っているビルだけは、極端に古い。古いけど、時がじっくりと堆積して醸し出す、本物の古びた美しさがある。かつての駅舎かもしれない。色褪《いろあ》せ、苔《こけ》むしたレンガには、ツタの葉っぱが絡まっている。そのツタも、紅葉を迎えて赤や黄緑に輝いている。

きっとおいしいに違いないと思ったら、やっぱりおいしい店だった。午前十一時に入店した時はまだ空席があったのに、お昼が近づくにつれて、続々と客が入ってくる。

そんなに待たされることもなく、鴨のコンフィのオープンサンドとカプチーノが出てきた。見た目の美しさに、心が奪われそうになる。一刻も早くかじりつきたい衝動を抑え、目の前のオープンサンドを写真に収めた。これは仕事で、取材なのだから。角度を変えて数枚写してから、ようやくオープンサンドに手を伸ばす。直感は、見事に的中した。

私が食事をする間ずっと、隣のテーブルについたカップルが公然といちゃついていた。口づけを交わし、手に触れ合い、時々、テーブルの下で相手の太ももを意味ありげにさすっている。私とマサシ君だったら、絶対にあり得ない。たとえ誰も見ていなくたって、そういう行為は苦手なのだ。でも、ちょっとだけ羨《うらや》ましくなった。一人で食事をしているのは、広い店内で私一人きりだった。

以前、フランス人の知り合いが、食事はセックスと一緒で、一人で食べるなんてマスターベーションを人前でするようなものなのだと話していたのを思い出した。その時はあまりピンとこなかったけれど、ようやくその意味がわかった気がする。好きな人と一緒に食べれば、おいしいものが、更に倍おいしくなるのだ。

帰り道、満腹のおなかをさするようにして道を歩きながら、ふと地面が気になって立ち止まった。昨日も同じ道を通ったはずなのに、暗かったせいか、気づかなかった。歩道の表面に、何か模様が刻まれている。何だろうと思ったら、葉っぱの絵だった。

顔を上げると、今度は同じ葉っぱの木が、たくさん植えられている。濃いオレンジに色付いて、そこだけ静かに燃えているようだ。

これが楓なんだ。

唐突に、そう思った。そして、だから私は楓と名付けられたんだ、と気づいた。日本にいると、楓の木を見ることは少ない。山の中に行けばあるのかもしれないけれど、少なくとも私にとっては身近な植物ではなかった。でも、ここバンクーバーでは、いろんな所に楓がある。もちろん、国旗に描かれているのも楓の葉っぱで、見ていると、車にもよく小さな国旗が掲げてある。

ぶらぶらと歩いて観光地らしきブロックに行ってみたら、そこにはメープルシロップを取り扱う土産物店が目白押しだった。右を見ても左を見ても、上を見ても下を見ても、楓、楓、楓、楓。まさに、楓だらけだ。お前はここで生まれたのだ、お前のふるさとはここなのだと、無言のうちに念を押されているような気分になる。

それは、決して嫌な感覚ではなかった。あんなに避けてきたカナダという大地が、両手を広げて迎えてくれている。勝手だけれど、そんなふうに感じていた。帰りに、普通の水を買おうと昨日とは違うスーパーに入ったけど、そこにもやっぱり、メープルシロップだのメープルバターだのメープルビスケットだの、メープル製品が目白押しだ。私は、自分が商品にされているようで、ちょっと気恥ずかしくなった。

荷物があるので、一度部屋に戻ることにした。ドアを開けたら、ちょうど携帯電話が鳴っているところだった。慌てて携帯電話までダッシュする。マサシ君からだ。

「もしもーし」

相手がわかっているので、明るく出た。こっちに来てから、初めての電話だ。

「やっと繋がった」

電話口で、恋人がしょげた声を出している。

「風邪でも引いた？」

声の調子が、いつもと少し変だった。

「うん、楓さんと会えないから、具合が悪くなったみたい」

本当に、元気がなさそうな声を出す。

「仕事は？」

「なんとかやってるよ。今、店片づけて部屋に戻ってきたところだから」

「お疲れ様でした」

マサシ君は、バーテンダーの見習いなのだ。

「そっちは、どう？　楓さん、カナダに行く前、かなりナーバスになっていたでしょう？」

「まぁね。もちろんそうなんだけど、なんかね、こっちは、楓だらけなの」

「楓の木がいっぱいあるってこと？」

「実際に植わっている木以外にも、地面に楓の葉っぱの模様が作られていたり。あと、お土産もメープルシロップ関連がたくさんあって。石鹸とか、リップとか」

「あー、それだったら僕、おいしいメープルシロップのお土産がいいな。それで、新しいお酒、考えてみたい」

「いいよ、じゃあマサシ君には、メープルシロップね。あれ、ちょっと重たいけど」

「でも、カナダが楓だらけっていうの、なんかわかる気がするなぁ。きっとカナダ人って、楓の木に、並々ならぬ誇りを持っているんじゃないのかなぁ。だって、日本に観光に来ているカナダ人達って、たいていリュックとかに国旗のバッジつけたりしてるでしょ」

　恋人の声は、少しずつ元気を取り戻してきているようだった。

「そうなのよ」

　私もそれに追い風を吹かせるような気持ちで声を上げる。相手の声もはっきり聞こえるし、今、日本とカナダで話しているという実感が、少しも持てない。

「そういう人、こっちにもたくさんいる。あれって、何なのかな？　やっぱり、自分に対する誇り？　だって、日本で、日の丸のバッジなんかつけて歩いてたら、絶対右翼の活動員に間違えられそうじゃない？」

「うん。それか、自分達はアメリカ人じゃないです、アメリカ人と間違わないでくださいって、自己主張しているとか」

「へぇ、そうなんだ」

「だって、アメリカでブッシュが大統領になった時、アメリカ人で反ブッシュ派の人達、相当な数がカナダに移住したんだよ。そのくらい、たとえば同じアングロサクソンでも、アメリカ人とカナダ人って中身は全然違うんだって」

私は今まで、アメリカとカナダなんて似たり寄ったりだと思っていたから、恋人からの意見が新鮮だった。

「それより、楓さん」

恋人が改まって私を呼んだ。よく考えれば、日本はもう朝なのだ。バーで働く彼にとって、寝る時間を過ぎている。

「マサシ君、眠いんじゃない？　声が、今にも寝ちゃいそうだよ」

「もう、そういうお姉ちゃんっぽい上から目線、止《や》めてくださいよ！」

まだ付き合ってそんなに長くないけれど、姉と弟のような感じになってしまうのが、彼は一番嫌いなのだ。

「ごめんごめん、それで、何？」

「えーっと、僕、楓さんにちゃんと話したいことがあるんです。だから、今晩、また電話できないかと思って」

「わかったよ」

「じゃあ、今から九時間後に僕から電話をかけますから、楓さん、絶対出てくださいよ。外に出る時は、ケータイ、ちゃんと持ってってください。携帯電話、なんですからね！」

「はいはい」

「ったくもう」

恋人が、まだぶつぶつと文句を言いたそうだった。でも、本当に疲れていそうなので、この辺で切り上げることにする。

「じゃあ、またあとでね。マサシ君、おやすみ」

「おやすみなさい。楓さん、くれぐれも外国で無茶しないでくださいよ」

はーい、と能天気な返事をして電話を切る。もしかしたら、とふと思った。

もしかしたら、この人みたいな相手とだったら、今までと違う結果になるのかもしれない、と。でもその前に、本当のことを話さなくちゃいけない。

その時、またあのスーツケースが視界に入った。せっかくマサシ君と電話で話して、明るい気持ちになっていたのに。

そうか、逆に考えればあのスーツケースさえ目に入らなければいいのだ。簡単なことに気づいて、花柄のスーツケースだけ、物置スペースに隔離する。掃除機や折り畳み式のベッドに紛れると、ようやくふさわしい居場所が見つかったようで、気が楽になった。このまま物置に忘れたふりをして日本に戻るのも、悪くないのではないか。そうすれば、やがてこのスーツケースの所在は、私の知らぬところとなる。

九時間後ということは、今が午後一時を過ぎたばかりだから、こちらの時間だと夜の十時頃だ。その時間には夕食を食べ終えて部屋に戻っているとは思ったけれど、念のため、マサシ君に言われた通り携帯電話をリュックにしまう。これからどこに行こうか迷い、少しネットで調べた。水上バスに乗れば、ノースと呼ばれる市の北側に行くことができるらしい。そこにある公園を目指すことにする。帰りに寄れそうな飲食店エリアにも目星をつけ、準備万端で部屋を出た。

それにしても、バンクーバーというのは、とてもわかりやすい街だ。世界一住みやすい街に選ばれるというのも、実際に来てみると納得できる。初心者でも街にスーッと難なく入り込める交通網が、住みやすさに繋がっているのかもしれない。私も、よく考えるとまだ来て一日くらいしか経っていないのに、そんなに迷わず移動することが可能なのだから。

地上ではバスの路線が充実しているし、地下には電車が走っている。電車は、東京ほど複雑でない。九十分以内であれば、電車もバスも水上バスも、一枚のチケットで何度でも乗り降りすることができる。驚いたのは、地下鉄のどこにも、改札がないことだ。だから極端な話、チェックする機械や人がいないから、切符を持っていなくても乗れてしまう。でも、たまに抜き打ちで検査があるらしく、万が一その時に不正が見つかれば、ものすごい罰金が科せられるらしい。だから、よっぽどでない限り、そんなリスクを冒してまでほんのわずかな切符代を切り詰めようとは、常識的な人間なら思わないのだろう。入る時も出る時もいちいちチェックする日本の地下鉄とは大違いだ。でもきっと、こういう大らかなシステムも、みんなが成熟していないと成り立たないのではないかと思った。

ターミナルの駅で地下鉄を降り、今度は水上バスに乗り換える。

乗り場を探して急ぎ足で歩いていたら、どこからか独特な音色が響いてきた。とりわけ急いで行く必要もないのだからと、音のする方へ行ってみる。大きな大きな泡の中に、体ごと包み込まれるような音。光も届かないような海の底で、クラゲがゆったりとダンスしているようなリズム。スチールパンだった。

地下へと下りていく階段のすぐそばで、一人の黒人男性が演奏している。立ち止まった私に、演奏を続けながら、気さくにハーイと声をかける。澄み渡ったバンクーバーの秋空に、そのスチールパンの音色はとてもよく溶け合っていた。自分でも、優しい顔をしているのがわかる。

一曲分の演奏を聞いてから、小銭入れを取り出し、楽器の前に置いてある帽子の中にコインを入れる。再び演奏している彼を見ると、彼もニコッとほほ笑んだ。笑うと、急に幼く見える。もしかしたら、マサシ君よりもっと年下なのかもしれない。あまり張り付いて聞いていても奇妙に思われるかもしれないと、後ろ髪を引かれつつその場を後にする。彼の奏でる音色が、少しずつ小さくなりながらも、私の耳に心地よい響きを届けてくれる。こういう何気ない出会いが、意外と後々まで記憶に残ったりするものなのだ。

水上バスに乗ってイングリッシュベイを渡り、対岸にある地区を目指した。離れた位置からダウンタウンを見ると、狭い半島にいかに高層ビルが集中して建っているかがよくわかる。しかも、建物はほとんどがガラス張りだ。太陽の光を受けて、めらめらと鮫色に輝いている。こういう建物を、バンクーバー建築と呼ぶらしい。地震の多い日本だったら、通用しないかもしれない。建築途中のビルを見ても、それほど耐震にこだわっているようには見えなかった。背筋を伸ばすと、私が今借りているコンドミニアムのタワーが小さく見えた。

ノースバンクーバーには、十分少々で到着した。さっきまでいたダウンタウンと違い、こちらは基本的に住宅街だ。丘のようになっている急な斜面に、びっしりと家が建っている。

キャピラノキャニオンに行こうか、それともリーンキャニオンパークに行こうか迷い、無料で入れるという理由からリーンキャニオンパークに行ってみることにする。ネットで調べてきたバスの番号を見つけ、それに乗り込む。念のため、乗り込む際バスの運転手さんにリーンキャニオンパークに行くかを確認したら、このバスで大丈夫だ、降りるバス停に着いたら教えてあげるから、と親切だ。

バスは、どんどん山の上の方へと走って行く。こちらではこれが平均的なのかもしれないけれど、道々に建つ民家が、どれも素敵でかわいらしい。絵本に出てきそうな佇《たたず》まいで羨ましくなってしまう。

「リーンキャニオンパーク」

運転手さんのはっきりとした発音で、ハッと我に返った。

「サンキュー」

私も大きな声で挨拶し、バスを降りる。バンクーバーの人達は、かなりの割合で、バスを降りる時、こんなふうに運転手さんにお礼を言う。バスが発車して私を追い越す時に、大柄な運転手さんが私に手を振ってくれた。バスを降りてからも、まだしばらく坂道が続く。

ようやく公園の入り口に辿り着いた時には、すでに軽く運動を済ませたかのような気分だった。パークと聞いて、代々木公園や日比谷公園のようなものを連想していた私は、それが明らかな間違いだったことに気づく。公園とは名ばかりで、ただそこには、手つかずの大自然が広がっているだけなのだ。けれど、せっかくここまで来て引き返すのも情けないし、とりあえずは最短のトレイルコースを選んで歩き始めた。

本当に危なくて歩けないような所にだけはささやかな歩道が作られているけれど、基本的にはそのままの自然が残されている。驚いたのは、滝だ。キャニオンパークとあるのだから滝があるのは当然としても、その規模がすごかった。だって、ここは都会からずっと離れた山の奥深くなんかではなく、バンクーバーの市街地からすぐのところなのだ。さっきまで、自然なんてこれっぽっちもないようなダウンタウンにいたというのに。

下の方に川が流れているらしく、まずは階段を延々下りて川の方へ出る。途中、犬の散歩をする人達と何人かすれ違った。こんな自然の中を自由に走り回れるなんて、犬も幸せだ。人とすれ違うたび、ハローと挨拶を交わす。

川の横の道に出ると、ますます紅葉がきれいだった。空気がつんと冷えていて、香ばしい。何度も何度も、深呼吸をしたくなる。体の中の悪いものが全部外に出て、いいエネルギーが体の中に吹き込んでくる。気持ちいい！　心の中で、何度もそう絶叫する。立ち止まっては深呼吸を繰り返しながら、更に川の上流を目指す。

上りと下りを交互に繰り返すようにして、森の奥へと分け入った。途中からは、完全に道がなくなってしまう。行く手を塞《ふさ》ぐ枝や葉っぱをかき分けながら、なんとなく、デジャヴのような感覚になった。知っているような、懐かしいような、この奇妙な感じ。なんなんだろう、と思いながら前に進むうち、そういうことかと思い当たった。私がまだ子どもであの女と一緒にカナダにいた頃、こんなふうに自然の中を歩いたことがあったのだ。

一歩進むごとに、幼くなっていくようだった。リーンキャニオンパークを歩いているのが、大人の私なのか、子どもの私なのか、ふとわからなくなる。もっと、他の記憶も思い出しそうな気がした。でも、実際には思い出せない。私には、カナダであの女と過ごした時間の記憶が、ごっそりと抜け落ちている。そのことが、記憶喪失になっているようで、時々私をすごく不安定な気持ちにさせる。

コースを一周すると、川の反対側に出た。ずっと薄暗い森の中にいたせいか、急に視界がひらけ、恐ろしい催眠術から解き放たれた気分になる。相変わらず空は碧《あお》いが、確実に夕暮れ時へと近づきつつある。川の水は浅いので、大きな石を伝えば簡単に向こう岸に渡ることができそうだ。それにしても、なんて水がきれいなんだろう。

リーンキャニオンパークを出たのは、六時過ぎだった。川を見ながらぼんやりしているうちに、時間が経っていた。もしかしたら、眠っていたのかもしれない。体が、心地よく疲れている。

小腹が空いたので、ノースバンクーバーで中華のレストランに入った。店の入り口には、数々の賞状が張り出されている。この店を紹介する日本の雑誌の切り抜きもあるから、味は間違いないだろう。客がいないのは、まだ時間が早いからで、きっと七時半を過ぎれば、この大きなフロアが贅沢な舌を持つ賑やかな客で埋め尽くされるに違いない。まずは生ビールを頼み、それを飲みながら、辞書のように厚いメニューをはじめから順にめくっていく。

ハネムーン炒飯なるものに目が留まったのは、数時間前、マサシ君と電話で話したからだろうか。炒飯の上に、白いソースとオレンジ色のソースが半分ずつかかっている。店の名物料理だと書かれているからきっとおいしいはずだ。そう思い、前菜の盛り合わせと一緒に、ハネムーン炒飯を注文する。空きっ腹にビールを飲んだせいか、普段よりも酔いが早く回る。私は一人で、浮かれた気持ちになっていた。

前菜の盛り合わせは、それなりの味だった。気持ちが入っていない料理というのは、食べる人には筒抜けなのだ。きっと、下っ端の料理人が、今晩彼女とするあれやこれやを想像しながら、いい加減な気持ちで作ったに違いない。それでも、残すのは忍びないと、私も適当な気持ちで前菜を口に含み咀嚼した。それを、少しぬるくなったビールで無理やり喉の奥に流し込む。

だらだらと食べていたら、ハネムーン炒飯が来た。一抹の不安というか嫌な予感はあったものの、なるべくそう思わないよう心がけていた。けれど、やっぱりというか案の定というか、皿全体から不味《まず》そうな気配を漂わせている。おいしそうなあの写真とは全然違うじゃないか。テーブルをバンッと叩き、大声で抗議したい。でも、食べてみなくちゃわからないだろうと、皿の上の炒飯にスプーンを滑り込ませる。結果は、やっぱり不味かった。

これは本当に客に食べさせるために作ったものなのだろうか。調理場の裏口で猫を飼っていて、その猫に食べさせるために作ったのではないのか。本当に、これがハネムーン炒飯の味なのか。薄味のレベルをはるかに超える味のなさで、全体に、どういう料理にしたかったのかのビジョンが、全く見えない。靄《もや》の中に放り込まれたかのような食べ心地で、少しも心が弾まなかった。それどころか、どんどん哀しくなってくる。ハネムーン炒飯に較べたら、前菜の方がずっとずっとましだった。スプーンを持つ手の動きがすっかり止まってしまう。こんなものを体に入れるくらいなら、空腹を耐え忍んだ方がいい。結局、四分の一も食べられなかった。

お勘定を頼んだら、結構な値段で更にショックが倍増する。たとえ美食の街バンクーバーとはいえ、どこの店に入ってもおいしいというわけではない。しかも、店で働く中国人スタッフの愛想の悪さといったら、天下一品だ。あれじゃあ、どっちが客なのか全くわからない。私が店を出る時も、まだ客がいなかったから、きっとこの店は、もう評判がよくないのだろう。せっかくおいしいものが食べられると期待していただけに、空しさが込み上げてくる。

私は、唐突に昔のことを思い出して泣きたくなった。

子どもの頃、湯気の立つ温かくて心のこもったおいしいご馳走など食べたことがなかったのだ。

ダウンタウンに戻ってから、スーパーの総菜コーナーで焼きそばを買って部屋に戻った。もう一度中華を選んだのは、あのままでは中華料理そのものが嫌いになってしまいそうだったからだ。スーパーの方が、よっぽどちゃんと作っている。少なくとも、食べて哀しくなるような味ではない。

酔い覚ましにシャワーを浴び、パジャマに着替えてだらだらと過ごす。テレビをつけたら、のど自慢大会みたいなのをやっていた。テレビは、全世界的につまらない内容になっているのかもしれない。どのチャンネルをつけても面白くなさそうだったので、繰り返し、天気予報の番組を見て時間をつぶす。

十時を過ぎると思っていたら、九時半に電話が鳴った。慌ててテレビの音を消してから、電話を取る。

「もしもし?」

落ち着いた声で私が出ると、

「あーよかった。楓さん、ケータイ置いてまたどっかにふらふら遊びに行っちゃったかって心配してたから」

マサシ君が、本当にホッとしたような声を上げる。

「おはよう。マサシ君、ぐっすり休めた？」

「まぁまぁです。だって、今日はこっち、大雨なんですよ。台風が近づいているみたいで」

マサシ君の口から台風と聞いたとたん、雨の音まで聞こえそうな気がした。

「これから仕事に行くの？」

「はい、チャリ飛ばして行ってきます」

今日のマサシ君は、いつも以上に丁寧語で話しかけてくる。

「大雨の中を自転車なんて、危ないよ。それより、マサシ君、なんか話があるって言ってたけど」

そう言った瞬間、マサシ君の喉がゴクンと鳴るのがわかった。

「はい、あの、だから、その」

「何？」

「楓さん、僕と結婚してください」

「え？」

「だから、僕のお嫁さんになってください。僕、楓さんのこと、幸せにしますから。絶対に浮気とかしないし」

マサシ君は、まじめな声で続けた。大切な話とは、プロポーズのことだったのだ。あんまりいきなりなので、私は驚くことも忘れ、どう答えればいいのだろうとわからなくなってしまう。

「ありがとう」

とりあえず、マサシ君がそんなふうに私のことを思っていてくれたことにお礼を述べる。

「それって、どういう意味っすか？」

「だから、嬉しいから」

「でも、全然喜んでるふうには聞こえないけど」

「そう？」

「そうって、自分の声聞いて、そう思わないんですか？」

「まぁ」

「まぁって、今、僕はものすごく勇気をふりしぼって、好きな人にプロポーズしたんですよ。なのに、楓さんは……」

「ごめんねマサシ君。まさか、今そんな話になるとは私、思ってもみなかったから、驚いただけ。えーっと、でもその前に、じゃあ私も、マサシ君に話さなくちゃいけないことがあるかもしれない」

自分でも自分の言動にびっくりした。そんな展開になるとは、マサシ君からプロポーズされるまで、これっぽっちも考えていなかった。

「私、セックスができないのよ」

単刀直入に、いきなり言った。ベールに包んでしまったら、きっと肝心なことが伝わらない。もう、照れる年齢でもない。

「驚いた？」

マサシ君が何も言わないので、私が言葉を続ける。電話で遠くに離れている相手だからこそ、本当のことがこんなにすんなり言えたのかもしれない。

「つまり、挿入する場所がないとか？」

マサシ君の突飛な発想に、思わずぷっと吹き出した。ゲラゲラと笑ったら、マサシ君が不服そうな声で続ける。

「楓さん、大事な話をしてるんですから、ふざけないでください」

「でも、いきなり面白いこと言い出すから」

笑いを押し殺しながら、なるべくまじめな声を出す。

「身体的に、できないんですか？」

「身体的ってよりは、精神的な問題だと思う。でも、その場所はあるけどね」

そう言ったところで、またぷっと吹き出した。私の年下の恋人は、まじめなのか面白いのか、全くわからない。

「ちゃんと話してください」

マサシ君が、少し苛立っている。私は、笑うのを止めた。それから、本当のことを話すことにした。今まで、誰にも打ち明けたことがない事実を。

「私、子どもの頃に男の人から悪戯《いたずら》をされたことがあるの。母親の付き合っていた男の一人で、母親はそのことをうすうす承知していたと思うんだけど、黙認して助けてはくれなかった。それである日、自力でその場所から逃げ出して日本にいる叔母に保護してもらって、そこからはちゃんと暮らせるようになったんだ。母親とも離れていたし、だから子どもの頃にされたことなんか、ほとんど忘れていたの。でもね、大人になって、好きな人ができて、いざそういう関係になる、っていう段階になったら、急にあの時のことをありありと思い出すようになって、怖くて堪らなくなって、できないの。

それでも、だましだまし試したこともあるよ。でもね、やっぱりダメ。気持ちの面では結ばれたいって思うんだけど、体が言うことをきいてくれなくて、拒絶してしまうの。それで結局、うまくいかなくなって。だから今は、誰にも抱かれない人生でいいや、って諦《あきら》めたの。もう、四捨五入すると四十になっちゃうし」

　自分でも驚くほど、淡々と言葉が出た。けれど、聞かされた方のマサシ君は、かなり動揺している。

「そんな切ないこと、言わないでよ！」

「切ないって、何が？」

「だから、誰にも抱かれなくていいなんて……。それに、相手が違ったら、もしかしたらできるかもしれないし」

　マサシ君の湿った息が、耳の奥へと流れ込むようだ。

「僕のこと、好きじゃないんですか？」

「好きだよ、好きだけどさ。だって、マサシ君、赤ちゃん、欲しいでしょ。でも私は、たとえ結婚しても、そういう行為ができないんだよ」

「そんなの、今はいろんな方法があるじゃないですか？　人工授精とか、体外受精とか」

　詳しいんだな、と思いながら、私は言った。

「でも、夫婦なのに一回もセックスしないで子どもを授かるなんて、どう考えたっておかしいでしょ。マサシ君に淋しい思いさせるの、嫌だもん」

「楓さんとセックスのために結婚したいんじゃないです！」

「それはそうかもしれないけど。そういうことも大事でしょ。私には、わかるもの。経験済みだから。しなくてもいいって口では言っても、不満が溜まるものなんだから。結局、適当な理由をつけられて捨てられるのは、私なんだよ」

そこまで言うと、マサシ君は黙ってしまった。

「ごめん」

同時につぶやいた二人の声が、コーラスのように見事に重なる。でも、こればっかりは、本当にどうしようもないことなのだ。どうしようもないことをどうかしようと思っても、結局傷ついて自分の無力さを思い知るだけなのだ。マサシ君と、淡い恋のまま終われるなら、その方がいい。

「ねぇマサシ君」

もしすぐ近くにマサシ君がいたら、私はマサシ君の頭を膝にのせ、髪の毛を撫《な》でていただろう。

「私の母親は、本当にだらしのない女だったの。さんざん男に騙されて、それでも男に金を貢いで、晩年は、騙され続けてすっからかんになって、親戚中から借金をして。私ね、母親を殺してしまいたい、って本気で思ってた。でも自分で殺すのは面倒だから、誰かが殺してくればいいのに、って願ってたの。結局、路上で野垂れ死んだのも同然だけど。私、その時にばんざーいって思った。あの女が死んだってわかった時。私は、そういう心の持ち主なんだよ。私にも、母親と同じ血が流れていると思うと、吐き気がするの。だから、自分の子孫なんて、残したくない。それできっと、セックスできない体になったんだと思う」

最後は、何について話しているんだか、自分でもわからなくなってしまう。

しばらく、沈黙が流れた。マサシ君がどう出るか、緊張する。ふと年の差を感じるのは、こういう時だ。私の方が、どう考えても人生の酸いも甘いも知ってしまっている。

「それでも僕は、諦めないよ」

張りのあるまっすぐな声が届いた。そして、

「楓さん、オーロラって実際はどう見えるか、知ってますか？」

と、いきなり質問した。意味がよくわからないながらも、

「オーロラでしょ。ピンクとか赤とかエメラルドグリーンが混ざっている、光のカーテンみたいに見えるんじゃないの？」

あえてそんな質問をするということは、答えは違うんじゃないかとうすうす感じながらも、そう返事をするしかない。

「確かに、そんなふうに見える時もあるんだそうです。でもそれって場所にもよりますが、

十数年に一度くらいの特別な夜で、いわゆるオーロラとして僕達がイメージするのは、そういう特別な夜に写した写真だったり映像だったりするんだって。それだけに命をかけてるようなカメラマンが、やっと撮った奇跡の一枚だったりするんですよ。

それで、普段のオーロラはどうかって言うと、デジカメで撮ると確かに緑色っぽく写るんだけど、肉眼ではほとんど白にしか見えないんだって」

「えーっ、信じられないよ、今更、そんなこと言われたって」

私にとって、オーロラはやっぱり光り輝く虹色の帯だ。白かったら、何の意味もない。

「僕も、最初にそれ聞いた時、がっかりしてさ。もうあれがイメージとして定着しちゃってるし。でも、実際に見ると、本当に、雲とか煙とか月明かりみたいにしか見えないんだって。これを教えてくれたのは、僕の姉貴夫妻で、旦那さんがどうしても一緒にオーロラを見たいっていうんで、新婚旅行に冬のアラスカまで見に行ったんだ。その結果が、さっき話した通りで。結局、自分達の住むアパートの部屋から見る夕焼けの方が、ずっときれいだって気づいたらしいんだよ」

話しているうちに、マサシ君の声がだんだん熱を帯びてくる。

「私、新婚旅行がそんなんだったら、ケンカしちゃうかも」

私には、わざわざ遠くまで行って雲のようなものを見せられ、それでもロマンティックな雰囲気に浸れる自信がない。

「いや、本当に成田離婚しそうになったって。だって、冬のアラスカなんて、マイナス三十度とかなんだよ。しかも、パッケージツアーにしたら、一緒に行ったのがじぃちゃんばぁちゃんばっかりで、食事は不味いし、夜中にオーロラを見に行くから寝不足だし、ホテルからはほとんど外に出られないし、最悪だったみたい。でもね、時間が経ってくると、やっぱりいい思い出だって言ってた。自分の目で確かめなくちゃわからないことが、世界にはまだまだいっぱいあるんだ、って気づいたんだって」

マサシ君の話を聞きながら、マサシ君はきっと、お姉さんのことをとても好きで誇りに思っているのだろうな、と思った。家族のことを、何の疑いもなく素直にそんなふうに尊敬できるのは、なんて幸せなことなんだろう。こういうことを恥ずかしげもなく語れるマサシ君を、若いんだなぁと思うと同時に、とても羨ましいと思う。

「だから楓さん」

ぼんやりとしてマサシ君の話を聞いていたら、いきなり名前を呼ばれたのでびくっとした。

「えっ？　何？」

向かい側のタワーの一室で、私と同じようにソファにもたれて電話で話している女性がいる。

「だからね、やっぱり結婚してみなきゃ、わからないよ」

オーロラから結婚にどう結び付くのか、私の方こそわからなかった。

「でも、私もきっと、オーロラみたいなものだよ。マサシ君、がっかりするに決まってる。カラフルなのを想像していたら、実際は白なんでしょ。確かに、セックスのために結婚するわけではないけど、そういうことも、要素の一つでしょ。私にはそれが欠けているんだよ」

どうしてこんなにも明け透けに話ができるのか不思議だった。もしかしたら、日本とカナダで離れて喋っているからかもしれない。面と向かってだったら、絶対にこんな会話はできない。

「そりゃ、僕も一応男だし、楓さんとしてみたいって気が、全くないって言ったら嘘になる。でも、そういうことを避けているな、っていうのは今までの態度でなんとなく察してたし、僕は逆に、実は男に全く興味がないのかなって思ってたから、今、楓さんの口から真実が聞けて、ホッとしてる面もあるんだ」

「そうか、マサシ君、私のこと、レズビアンだと思ってたんだね」

そんなふうに思われているとは少しも想像していなかったので、ちょっとおかしい。

「いや、疑っていたわけではないんだけど」

きまり悪そうにマサシ君が言葉をつなぐ。

「なら、一回、してみる？」

「えっ？」

電話口で、マサシ君が素っ頓狂な声を上げた。でも、もしかしたらそれが一番いいのかもしれない。こんなにすべてを告白したのは、マサシ君が初めてなのだから。今までは、急にそういう展開になって、嫌な記憶とだぶってしまいどうしても相手を受け入れられなかった。

ひょっとしたら、マサシ君となら、できるかもしれない。

ふと、何の根拠もないのに、そんな気持ちが胸の奥から突き上げてきた。光の矢のように、力強く。

「うわぁ、マジ緊張してきた」

マサシ君が言った。私だって、自分からセックスしてみようなんて誘ったのは、人生で初めてだ。それでもうまくいかなかったら、それはその時に考えればいいのだし、そこまで行かなければ見えてこない景色だってきっとあるだろう。

「日本に戻ったら連絡するよ」

もうそろそろ、電話を切らないといけない。

「よかった、こんなに明るい気持ちになれるなんて、思ってなかった」

マサシ君の柔らかな声が響く。あぁ、私はマサシ君のこと、きっと自分でも気づかないくらい好きになっている、そう思った。自立して生きているつもりでいたけれど、実際は、たくさんの愛情にベールのように守られて、ここまできたんだ。

「マサシ君、気をつけて仕事に行ってね」

「うん、楓さんの夢の中に遊びに行けるといいなぁ」

寝言のようなはっきりとしない声で、昔の映画のセリフみたいな言葉を口にする。マサシ君の方の電話が切られても、しばらく電話を耳に当てたままでいた。プロポーズをされたことより、私の体のことをマサシ君に話せたことの方が、そよ風のように清々《すがすが》しかった。

ベランダへと続く窓を開け、外に出る。バンクーバーの空は明るくて、星は見えない。さすがに十月ともなると、空気が痛いような冷たさで素肌に刃を向けてくる。思いっきり息を吸って肺の中を新鮮な空気でいっぱいに満たした。それから息を止め、ゆっくりと数秒数える。少しずつ少しずつ吐き出すと、かすかに息が白く濁る。一瞬にして、頭が覚醒するような寒さだ。秋でこうなのだから、冬場はよっぽど寒いのだろう。

きっと、あのスーツケースを開けなければ、私は前に進めない。

でも、あのスーツケースを開けたら、何かが変わるかもしれない。

もういい加減、逃げたり目を背けたりすることに疲れた。

私は、私を産んだ母親と、向き合わなくてはいけないのだ。

それから三日間で、怒濤《どとう》のようにレストラン巡りをした。

収穫は、近所の食材店の店主が教えてくれたインド料理店だった。予約を取らないから店が始まる一時間か一時間半前くらいから並んで入るのが一番いいと言われ、平日だからそんなことはないだろうと思って高をくくっていたら、本当に開店の五十分前でもうすでに店先に人があふれていた。夕方五時台にこれほど賑わっているレストランは、他にない。

やがて開店の時間になり、順番に店に案内された。一人客は私だけだったので、奥の小さな丸テーブルに通された。隣の席は、三歳くらいの男の子を連れた若い家族連れだ。奥さんは、もしかすると私と同い年くらいかもしれない。お腹に、もう一人赤ん坊を宿している。

私とマサシ君も、いつかこんなふうに家族を増やしたりすることが、あり得るのだろうか。私はこれまでずっと、絶対に母親の血をこの世に残すまい、悪い連鎖は私の代で終わらせようと思ってきた。でも、もしかしたら私がジャンヌ・ダルクとなり、もっともっとポジティブなやり方で、負の流れを変えられるかもしれない。そんなかすかな希望が、心の大地に芽を出し始めている。

ぼんやりとしていたら、やがて料理が運ばれてきた。噂では、世界一おいしいインド料理店だと言われている。ナンをちぎって口に入れた瞬間、その表現が、全くの図星だとわかった。今まで食べていたインド料理とは、レベルが違いすぎる。このナンだけでも日本に持って帰れないだろうかと、真剣に思った。私の帰りを待ってくれているマサシ君に、食べさせたい。

ナンだけでも至福のおいしさなのに、カレーをつけたらもう、この世のものとは思えないほどのご馳走だ。もしかして、背中から羽が生えているんじゃないの？　と思わず後ろを確かめたくなるくらい、食べれば食べるほど、体全体が軽やかになっていく。その場で立ち上がり、感嘆の雄たけびを上げたくなった。ここなら、舌の肥えた日本人の旅行者にも、間違いなく満足してもらえるだろう。宝物を見つけた気分だった。

帰りにスーパーに寄ってガス入りのミネラルウォーターを買い、上機嫌で部屋に戻ると、暗い部屋の片隅で、携帯電話の留守電ランプが光っている。マサシ君かな、そう思って確認したら、春子おばさんからの伝言だった。冷たくなった電話を耳に押し当て、メッセージを再生する。春子おばさんと母親は、容姿は少しも似ていなかったが、声だけはそっくりだ。

「あ、楓ちゃん。カナダはどう？　寒くない？　えーっとね、大事な話があって電話したんだけど。あんたが生まれた場所が、わかったんだよ。確か今いるの、バンクーバーだよね。そこから、そんなに遠くはないみたいだから、一応、知らせておこうと思ってさ。えーっとね、ソルトなんとか島っていう所。ホスピスの人も、そこまでしか聞いてないらしいんだけど、現地の人に聞けばすぐにわかるんじゃないかって。ね、楓ちゃん、ソルトなんとか島だからね。それじゃあまた」

カナダから日本に行ったばかりの頃、私は誰のことも信用することができず、けれど不満をうまく言葉にすることもできなくて、春子おばさんに八つ当たりしたり、時には暴言を吐いたり散々だった。それでも、春子おばさんは辛抱強く、私のそばを離れないでいてくれた。

ある時、私は春子おばさんが丹精込めて育てていた鉢植えの花をむしり取った。故意にやったというよりは、どうしようもない自然な流れで茎をつかんでしまったのだった。持ち上げた瞬間にしまったと思ったけれど、もう取り返しがつかなかったから、そのまま花を地面に叩きつけた。

「命を大事にしなきゃ、ばちが当たるよっ！」

誰も見ていないと思っていたのに、気がつくと私の後ろに春子おばさんが立っていた。いつもは優しい春子おばさんが、今まで見たこともない鬼のような怖い顔をして私のことを睨《にら》んでいる。ぴしゃっと頬を叩かれた。悔しくて、どこにも感情の持って行き場がなくて、ただただ涙がこぼれた。

その夜、春子おばさんが筑前煮を作ってくれた。私のため、と言って作ってくれた。そのことが嬉しくて、私は白いご飯と筑前煮を交互に口に運びながら、何度も泣きそうになった。カナダのコミュニティで暮らしている頃はすべてが集団生活だから、私だけのために、とかそういうことが一切なかった。母親すら、みんなのものだった。私も、みんなの子どもだった。そういう背伸びをしたような物の考え方に、私は知らず知らずのうちに疲弊していたのかもしれない。

楓ちゃんのために作ったよ。

今から思うと、あの時の筑前煮が、私の心の在り方を、ちょっと横にずらしてくれたのかもしれない。小学校高学年から中学を卒業するまで施設に入っていた時も、春子おばさんはよく、私の大好きな筑前煮を作って会いに来てくれた。

晩年、母親はあらゆる親戚に借金をした。返せるあてもないくせに。男に騙されていたのだ。いいように金をせびられていた。一人の男にさんざん貢いで去られると、また新たな男に同じことをした。きっと、グルになって母親を騙していたのだと思う。

どうしても泣きつかれてしょうがなかったのだと、春子おばさんは自分のへそくりからお金を工面したという。けれど、私は一切、関わらなかった。母親からの電話にも出なかったし、一度家まで来られた時も、会わないでドア越しに追い返した。やがて母親は自分の生活にも困るようになり、電気やガスが止められ、家賃も払えなくなってアパートを出され、ホームレスの身となった。

春子おばさんは、一度、ホームレスになった母親を、偶然町で見かけたと言っていた。楓ちゃんは絶対に見ない方がいい、見ちゃダメだよ、そう強く念を押されたので、私はその町に行くこと自体を避け続けた。それでも、地下道などにホームレスがいると、もしも母親だったらどうしようかと、いつも怖かった。

そんな暮らしをして、健康でいられるわけがない。やがて母親は、道端で倒れた。野垂れ死にする寸前のところで、そういう人達専門のホスピスに運ばれた。体中が病に冒されていた。さすがに春子おばさんは、ホスピスまで母親に会いに行ったそうだ。母親が伝言で、私に会いたいと伝えてきた。それでも、私は拒絶した。ホームレスになった親になど、会いたくなかった。そして、ホスピスに収容されてから一月も経たずに、母親は死んだ。

バンクーバーにいるのが最後となるこの日の午後、私はもう一度、リーンキャニオンパークに行くことにした。なぜだか、また行きたくなった。今度は、花柄のスーツケースを持って行く。鍵も、ポケットに入っている。

数日前と同じように水上バスに乗り、それから路線バスに乗り換える。前回と同じあの優しい運転手さんだといいな、と思ったけれど、今回は違う人だった。バス停でバスを降り、歩いて公園を目指す。スーツケースを両手で持ち上げるようにして、川の方へと続く長い階段をひたすら下りた。やっぱりここの空気は、ダウンタウンのそれとはどこか違う。もしかしたら、ここに漂う空気は神聖なのかもしれない。

川の流れからすぐそばの大きな石の上に、花柄のスーツケースを置いた。気のせいかもしれないけれど、数日前にここに来た時より、紅葉が進んでいる。楓の木が、燃えるような色合いで川を包み込んでいた。そのせいで、空気までもが赤く染まっているように見える。

目を閉じて、気持ちを落ち着けた。この中からどんな物が出てこようが、取り乱さないように。そう、自分の心と約束する。

ポケットから、小さな鍵を取り出した。幼い頃、私はいつもこのスーツケースと一緒だった。こんなにダサくて機能性に欠けるのに、当時は最先端のスーツケースだったのかもしれない。

鍵穴に鍵を差し込むと、かちゃっとささやかな音がして、掛け金が持ち上がる。錆びついているのか、動きが悪い。やや力を入れて、南京錠を取り外した。ゆっくりと、ファスナーを開く。確かな手応えが、指先から全身へと伝わってくる。最後までファスナーを開けてから、スーツケース本体のふたを開く。

中に入っていたのは、黄ばんだ紙切れだった。どうりで軽かったはずだ。私はゆっくりとその紙切れを持ち上げた。そして、四つ折りにしてある紙を開いた。

「せかいでいちばんだいすきなおかあさんへ。かえでより」

幼い字で、そう書いてある。それを見た瞬間、おなかに砂利が詰まったみたいに、呼吸が苦しくなった。

そうだった。幼い頃の私は、あんな母親でも、大好きだったのだ。世界で一番、愛していた。ずっとずっと、忘れていたけれど。もし目の前にあの頃の小さな自分がいたら、私はこの両手で、ぎゅっと抱きしめたい。

その時、目の前をひゅうっと赤い物体が通った。あれ？　と思って川の表面に目を凝らしていると、また赤い物体が流れに逆らうように泳いでいく。流れ星のように。

その時、どこからか、サーモンという声が聞こえた。もしかして、これが鮭の遡上だろうか。数日前はまだ見なかったのに。

よく見ていると、集団で鮭がのぼってくる。中には、ぼろぼろの体の鮭もいた。子孫を残すために、必死の形相で川を遡ってくる。命を、削るようにして。

その様子を見ていたら、忘れかけていた母親の姿が、ふと脳裏に甦った。

決してきれいな身なりはしていなかったし、靴のかかとも擦り切れていた。化粧もしていなかった。あれはもしかすると、私を育てるためだったのかもしれない。

おかあさん。

いつからそう呼ぶのを止めてしまったのだろう。あんなにも大好きだったのに。

「おかあさん」

声に出して呼んでみた。

私のこと、大切に思っていたなら、ちゃんと言ってくれたらよかったのに。私はずっと、自分は母親にとってのじゃまなお荷物なんだと思い込んでいた。

今まで封じていた母への想いが、濁流のように胸の中心をせり上がってくる。

会いたい。おかあさんに、今すぐ会いたい。ここまで、迎えに来て。私、おかあさんに会いたい。ちゃんとお別れもできなかった。おかあさんのこと、助けてあげられなかった。自分だけ屋根のある場所でおいしいもの食べて、おかあさんは、路上の冷たいところでおなかを空かせてた。

おかあさん……。

今すぐ、母親の声が聞きたいと思った。それで、リュックから携帯電話を取り出し、春子おばさんの番号を押した。なんだかんだ忙しい人だから出ないかな、と思ったら、すぐに春子おばさんの声が耳に届いた。

「春子おばさん？　楓だけど」

私がそう言うとすぐに、

「楓ちゃん、留守電に伝言入れておいたんだけど、わかった？」

はつらつとした声で聞いてくる。

「うん。それより、春子おばさんに教えてほしいことがあって」

そこまで言うと、また感情が込み上げてきた。しばらく口を閉ざして泣いていたのだけど、春子おばさんにはそれがわかってしまったらしい。

「泣いてるの？」

「ううううん」

私は思いっきり洟を啜り上げながらうそぶいた。もたもたしていたら収拾がつけられなくなりそうなので、単刀直入に、春子おばさんにたずねた。

「ねぇ、おかあさんって、幸せだったのかなぁ」

ホームレスが幸せであるはずがない。それでも、確かめずにはいられなかった。

「そうねぇ、どうかしら？　でもね、最期はすごく穏やかな表情だったって。私もホスピスまで会いに行ったじゃない？　その時にさ」

そこまで言うと、今度は春子おばさんの方が声を詰まらせた。私はじっと黙って次の言葉を待つ。

「その時にさ、姉さん、私に言ったの。次の人生でも、また楓の母親になりたいって。今の人生でしてあげられなかったことがいっぱいあって後悔しているから、もっといい母親になりたいって。ねぇ、あのスーツケースに、何入ってたの？　宝物が入っているんだ、とは言ってたけど、姉さん、具体的な中身は絶対に教えてくれないの」

「自分でも忘れていたものが入ってた。でも、大事なことを思い出したの。それより、あともう一つ、聞きたいんだけど」

「何？」

「あのさ、おかあさんの骨のことだけど、本当にゴミ箱に捨てちゃった？」

あの時は本気で、そうしてほしいと思ったのだ。

春子おばさんは電話口で軽く笑った。

「私だって、楓ちゃんに続く姉さんの最大の被害者だし、ほんと、そうしてしまいたいって思ったけどさ」

「うん」

「姉さんの幽霊ってしつこそうだし、死んでからも化けて出られたらたまんないじゃない？　だから、ちゃんと手厚く葬りました」

ちょっとおどけたような口調で、春子おばさんは教えてくれた。

「よかった。どうもありがとう」

「不思議なんだけどさぁ、生前は本気で早く死んでくれーって思ってたのに、いざ死なれると、仏様になっちゃうっていうか、姉さんの、幼い頃の優しかったこととか、一緒に遊んだこととか、そんなことばっかり思い出すのよ」

春子おばさんは、また泣いているようだった。

「先に死んじゃうって、ずるいよね。残された人達ばっかり、いつまでも罪を背負わなくちゃいけないんだから」

春子おばさんと話すうちに、だんだん涙が乾いてきた。ぼんやり、鮭の遡上を見ながら話す。いつしか母の話題も尽きて、世間話になっていた。国際電話でわざわざ話す内容でもなかったけれど、私はただ母そっくりの春子おばさんの声を聞いているだけで、なんだか幸せな気持ちに満たされていた。

「そうそう、私、もしかしたら結婚するかもしれない」

一通り話題も尽きる頃、ふと思い出して春子おばさんに告げた。

「えっ、もう一回言って」

絶対に聞こえているはずなのに、と思いながら、同じ言葉を再度繰り返した。その瞬間、

「おめでとう!!!」

絶叫にも近いような声が響いてくる。

「まだ、わからないけどね」

きっと、この言葉は春子おばさんには届いていないのだろうと思いつつも、一応、付け加えた。

「お祝いだね、楓ちゃん、よかったよ。天国のおかあさんも、喜んでるよ、きっと」

春子おばさんのその言葉に、思わずほろっとしてしまう。母が、天国まで辿り着いているといいと思った。あんな荒《すさ》んだ生き方をしても、なんとかがんばって、天国への扉をこじ開けてほしい。きっと母なら、平気で柵をよじ登って、天国に乱入できるだろう。そこから、私のことを見守っていてほしい。

スーツケースに入れてあった紙を、ポケットの中にそっとしまう。スーツケースは、ダウンタウンの駅でスチールパンを奏でていたあのチョコレート色の肌の青年に、プレゼントしようか。こんな時代遅れのスーツケース、もらっても困るかもしれないけれど、あの青年なら、何かに使ってくれるかもしれない。

「ところでさ、楓ちゃん、木言葉って知ってる？」

うっかり、春子おばさんと電話をしていることすら忘れそうになっていた。

「木言葉？　聞いたことないけど。もしかして、花言葉みたいなもの？」

「そうそう、ちょうど今図書館でその本を借りてるんだけどね、それで調べたら、楓の木も載っていたのよ」

春子おばさんが嬉しそうに話すので、

「なんて書いてあったの？」

私はたずねた。

「あのね」

そこで春子おばさんは、一呼吸おいた。そして、何かを慈しむように、ゆっくりと丸い声を出す。

「大切な思い出、または美しい変化だって」

その瞬間、私はぐっと言葉に詰まった。もしかして、春子おばさんの、意図的な作り話なんじゃないかと疑りながら。でも、きっとそうではないのだろう。

「ありがとう」

涙を堪えて、声を絞り出した。

確かに、私はカナダに来て変化した。しかも、美しい方向へ、明るい陽が差す方角へ、自分の心を向けることができた。そして、大切な思い出を再びこの手に取り戻した。

電話の向こうで、春子おばさんも泣いている。

「ねぇ、今度みんなで、カナダに来ようよ」

私は、切なさを振り切るように春子おばさんに言ってみた。

「カナダは、私の生まれ故郷だもん」

鮭だって、本能で生まれた川に戻ってくる。

「その時は、楓ちゃんの旦那さんも連れてくのよ。なんならさ、新婚旅行、カナダにしたら？　そうだ楓ちゃん、カナダのその島で、式挙げればいいじゃない。もしかしたら、ハネムーンベイビーができちゃったりして！」

春子おばさんが、勝手に盛り上がってはしゃいでいる。

でも、もしかすると、本当にそういうことだってあり得るかもしれない。今までは、自分が誰かの母親になるなんて、想像もしていなかった。けれど、カナダで奇跡が起きたのだ。これまでずっと拒絶し続けてきた母を、私は受け入れている。人生は、ちょっとしたきっかけで、大きく向きを変え、正反対の方向へと転がっていく。生まれ変わったような気分で、春子おばさんとの電話を終えた。

私は、空を見上げて呼びかける。

おかあさん。

いつまで待っても、母親からの返事はない。

でもその代わり、楓の葉っぱがキラキラと輝きながら揺れ動いていた。まるで私に、ウィンクでもするように。

おっぱいの森

ポプラ並木の下にあるベンチに上半身を丸めてうずくまっていると、突然、上から女性の声がした。私は、面倒くさいなぁと思いながらもゆっくりと顔を起こした。すぐ目の前に、色白でふくよかな、ロシア人女性を思わせる女の人の顔がある。

その人は、ベンチの隣のスペースに音もなくふわりと着席した。そして、私が何者かも知らず、何も説明していないのに、私の肩を抱いてくれた。

「いっぱい泣けばいいのよ」

その人は言い、私の涙で彼女のTシャツやスカートがどんどん濡れていくのも気にせずに、ただただ背中をさすってくれた。誰かに優しくされればされるほど、私は泣きたい気持ちでいっぱいになった。ひっく、ひっく、と呼吸を荒らげながら、太陽がどんどん高い位置に昇っていくのを感じていた。私達の足元からは、くっきりと秋の日差しに照らされた真っ黒い影が伸びていた。

目の前を、スーツ姿のサラリーマンや身なりの整ったOL、ランドセルを背負った小学生が通り過ぎる。そうか、今日から二学期が始まるのか。私は、列を作って歩く子ども達の黄色い帽子を、眩しいような気持ちで見続けた。

朝っぱらから女ふたりがこんな場所で何をやっているのかと、あからさまに舐《な》め回すような視線を投げかける人もいれば、まるで私達の姿など見えないかのように、一心に駅までの道を急ぐ人もいる。

「コウ」

と言ったきり、言葉が続かなかった。誰だかわからないけれど、この親切な人に、私は自分がなぜ泣いているのかを説明しようと試みた。けれど、コウちゃんの、コウまで言うと、もうそこで感情が泡のようにおなかの底から沸き上がって、私の口元を塞《ふさ》いでしまう。

誰かがそばにいてくれるだけで、こんなに素直に泣くことができるなんて、知らなかった。夫の前でも、両親の前でも、私はこんなふうには泣けなかった。

数時間前のことだ。夫と、激しく言い争いをした。

「よくそんな気持ちになれるわね！」

私は、真夜中の寝室で、夫を睨《にら》みつけながら怒鳴った。憤りの気持ちが、後から後から突風のようにやって来て、私の足元をすくっていく。

「まだ四十九日も過ぎていないのに、あなたは……」

ケダモノみたいだと言おうとしたけれど、あまりに興奮して、言葉が喉に詰まって出てこなかった。夫は、とても悲しい表情で私のことをじぃっと見つめた。気持ちと気持ちを較べることはできないけれど、夫だってもちろん、コウちゃんがいなくなって悲しんでいるのだ。冷静になればわかってあげられるのに、その時はどうしても理解できなかった。

私はスウェットパンツにTシャツという寝間着姿のまま、夫の制止を振り切り外に飛び出した。

「美子《よしこ》!」

玄関先で夫が吠えるように私の名前を強く呼んだけれど、無視してドアをバタンと閉めた。

空を見上げると、まだ星が出ていた。真夏のほとぼりが冷めた空気は、ひやっとして心地いい。久しぶりの外出だった。

まだ引っ越してきたばかりなので土地勘もなく、私は唯一知っている道を駅に向かってひたすら歩いた。歩くたびに、左右の乳房に振動が伝わり、ずきんずきんと痛みが走る。泣きたいほど苦しかったけれど、歯をくいしばって、ぐっと堪えた。

駅に行ったところで行く当てがないことに気づき、私は人工の川を越えたところで、遊歩道沿いのベンチに腰を下ろした。近くにある水道局が、環境を整備して、そこに水を流している。噴水は止まっていて、薄暗闇の中、ただコンクリートの川底を細く流れる水が、ぬらぬらとそこだけ強く光って見えた。

町は、誰も人が住んでいないみたいに静かだった。町全体が、うっすらとした透明なブルーの膜に覆われていた。

私は、自分でも気づかないまま少し眠っていたのかもしれない。目を開けると辺りは朝陽にすっぽりと抱かれ、私は女性に声をかけられた。眠りながらも、ひたひたと泣いていたのだろうか。

気がつくと、彼女の柔らかすぎるほどしなやかな胸に顔を埋《うず》めて、声を張り上げていた。知らない相手だったからこそ、自分をさらけ出すことができたのかもしれない。涙は、後から後からやって来た。

やがて、直射日光を受けて背中が熱くなり、立ち去りかけている夏を呼び戻そうとするかのように、近くに聳《そび》えるポプラの木の梢からジリジリと大声で蟬が鳴き始めた。

「行こう」

女性はそうきっぱりと言い、私の背中を促すようにして立ち上がった。私達は、並んで駅の方へと歩き始めた。彼女が、私の肩を支えてくれる。遊歩道のなかほどに建つ時計が、午前十一時を示していた。

「おはようございます」

彼女は、駅前にある雑居ビルの階段を無言で上がると、三階のドアを静かに開けた。その瞬間、私はなんだか懐かしいような気持ちになる。息を落ち着かせながら、私は彼女の後に続いた。

「ダリアちゃん、おはよう」

男性の、低い声がする。

「店長、私の仕事が終わるまで、この子、ここに置いてくれる？」

そう言って、入り口付近に突っ立っていた私を、中の方へと手招きした。私は、おずおずと前へ進む。男性が「店長」と呼ばれているからにはここは店に間違いないのだろうけど、店らしい看板はひとつも出ていない。

思い切ってもう一歩足を中に踏み入れると、そこは、ボードに仕切られただけの簡素な部屋だった。私は瞬時に、産婦人科の待合室を思い出した。部屋の隅で回っている扇風機が、店長の机の上に置いてあるノートやメモ用紙をさらさらと靡《なび》かせている。

けれど、さっきは確かに男性の声がしたのに、私達に背中を向けて収納棚の上の方に手を伸ばしているのは、明らかに女の人の後ろ姿だ。あれ？　と思った時、店長が振り向いた。

「びっくりしたぁ？　そんなに口開けてぽかんと見られたら、恥ずかしくなっちゃうじゃないの」

店長が言う。言われて初めて自分が口を開けていたことに気づき、慌てて上下の唇を合わせた。よくあることで慣れっこになっているのだろう。さっき店長に「ダリアちゃん」と呼ばれていた女性は、私の表情を見てくすくすと笑いを堪えている。

「おじさん？　おばさん？　そんなの、どっちでもいいのよぉ。アタシはね、オカマの早苗ちゃん。みんなから、そう呼ばれているの」

店長は、無理して声を上ずらせるような女言葉で喋った。

「初めまして」

私は言って、ぺこりとちいさくお辞儀をした。

そういう人と話すのは、初めてだった。店長は、明らかに男性とわかる感じで、女装している。化粧が濃くて、よく見れば髭《ひげ》も生えている。喉仏は完全に突き出ているし、ウェストにもくびれがない。それでも、黒の網タイツを穿《は》いている足だけは、女の人のようにすらりとして美しかった。

「ほら、店長またこの子に笑われてる」

私の一瞬の頬の緩みをすかさず摑《つか》まえて、ダリアさんが言った。

「笑ってないです」

自分で言えば言うほど、なんだかおなかをくすぐられているような気持ちになって、口元を押さえて私は必死に笑いを堪えた。

「やっと笑った」

私を見て、ダリアさんが嬉しそうに言う。

「店長、うどん二人前ね」

ダリアさんは折り畳んであったパイプ椅子を広げ、私にもそこに座るよう促した。

店長はダリアさんにそう言われると、わかったわよ、ともったいぶった返事をして、奥へ下がった。冷蔵庫の開け閉めする音や、鍋に水をこぼす音が響いてくる。私は、きょろきょろと周囲を見渡した。学校の教室のようなぽつぽつとちいさく穴の開いた天井には染みが広がり、カーテンも随分陽に焼けている。収納棚には、『失われた時を求めて』をはじめとして、ずらりと海外の文学全集が並んでいる。私は、そのどれをもまだ一度も読んだことがないことに気づいた。

会ったばかりの人達だし、知らない場所だし、緊張してもおかしくないのに、不思議と私は家の中にいるような気持ちだった。私が夫と住んでいる建て売り住宅は、まだ建ってから一年も経っておらず、家具や電化製品も買い揃えたばかりで、家全体から、慣れない真新しい匂いがする。それから較べると、ここは逆にホッとできる空間だった。隣でケータイをいじっているダリアさんに、ここが何の店か聞こうとした時、

「おまたせー」

店長が、大きな盥《たらい》を持って奥から笑顔で現れた。

「はいはいはいはい、ダリアちゃん、もうケータイなんかやってないで、この子にも、お箸とかお椀とか、出してあげて」

店長が張り切った様子で言う。ダリアさんは、すぐにケータイをパタンと閉じた。そして、引き出しから私の分の食器も取り出してくれた。布のランチョンマットも一緒に出てきたので、私はそれを、ダリアさんと自分の前のスペースに一枚ずつ広げる。店長が、めんつゆの入っている瓶を持ってきて、私とダリアさんのお椀に注いでくれた。薬味と七味唐辛子も入れ、私もダリアさんの真似をして箸を持ち上げる。

「店長の釜揚げ、最高にうまいから。伸びないうちに、早く食べよう」

ダリアさんはそう促すと、率先して盥の中の白いうどんを箸の先で引き上げた。私も、同じように盥の中に箸を入れる。盥の中には、うどんの他に、斜め切りした竹輪も入っている。

私がうどんを口に入れたのを確かめ、ダリアさんが目で同意を求めてくる。

「美味《おい》しいです」

私は、口をもごもごさせながら頷《うなず》いた。

「冷凍なのよぉ」

ふたりの様子を見ていた店長が、椅子の背に腰掛け、涼しげな調子で自慢げに言う。

「私も、店長にメーカー聞いて、同じのを買って旦那と子ども達に作ってやるんだけど、どうしても同じにはならないの」

ダリアさんが、盥からうどんを持ち上げたままの格好で言う。

「ちゃんと竹輪切って、入れてるのぉ?」

「入れてるよ。だけど、こうシコシコした感じにはならないんだよね」

「茹ですぎなんじゃないの?」

私は、ふたりの会話を耳にしながら、夢中でうどんを頬張っていた。うどんが、うどんの形のまま、するすると胃袋に落ちていく。刺激物を取ってはいけないと言われ、コウちゃんへの授乳中は、ずっと辛い物を控えていた。コウちゃんがいなくなってからも習慣的に続けていたから、私は久しぶりに七味唐辛子を口にし、その味を思い出した。

まだ日が浅いのに、あまりに濃密に時間が詰まっていて、あれからもう何年も経っているかのような、不思議な感じがする。

「最後の一本、食べていいよ」

気がつくと、盥のうどんは残り一本になっていた。

「ありがとうございます」

私はダリアさんにお礼を言い、最後の一本をすくい上げ、ずずずずず、と音を立てて吸い込んだ。

「ごちそうさま」

ダリアさんがそう言って、バッグからお財布を出そうとする。私は慌てて、

「私が払います」

と言った。そして、その時になってようやく、自分が財布も持たずに家を飛び出したことに気がついた。

「ごめんなさい」

私が謝ると、

「いいのよ、どうせ一杯百円だし」

ダリアさんが笑顔でそう言って、小銭入れから二百円取り出し、店長に手渡した。

「安いでしょ？　材料費だけで作ってるから。ちなみに、この盥もね、高級マンションのゴミ置き場から拾ってきたの」

ふふふふふ、と店長は含蓄のある笑い方をした。

ダリアさんは時計を確認すると、パイプ椅子から勢いよく立ち上がった。

「店長、じゃあ、この子、よろしくね。ここで働く訳じゃないからね」

「わかってるわよぉ」

店長が、口元を朝顔の蕾《つぼみ》みたいにきゅっと窄《すぼ》めて拗《す》ねたように答える。私は、その仕草があまりにもおかしくて、また、くすっと笑いそうになった。

「それじゃあ、夕方で終わるから、ここで待ってて。暇だったら、そこの商店街にでも遊びに行ってきたら。あ、お金ないのか。必要な時は、私の財布から持っていって構わないから」

ダリアさんは矢継ぎ早にそう言うと、店長と共に別の部屋へと移動した。

私は、たったひとりでその場に取り残された。もう一度ぐるりと周囲を見渡すと、収納棚の上の方に、家族三人で写っている写真があった。私は、見てはいけないものを見てしまったような気になって、すぐに視線を外した。

けれど、そこに写っているのは若かりし日の店長に間違いなかった。化粧も女装もせず、ただ普通のお父さんとして、妻と息子に囲まれていた。奥さんは美しい人で、息子は小学校低学年、店長は凜々しくハンサムな男性だった。

「ごめんなさいねー。ひとりぼっちで、寂しかったでしょう？」

店長が、腰をくねらせながら戻ってくる。

「あら、見つかっちゃったぁ？　そんな所に飾ってあったら、誰だってすぐ気づくわよねぇ。見てください、って言ってるようなものだもの」

私の表情を見て、すぐに店長が言う。

「ごめんなさい」

私は言った。

「そんなに簡単に、謝らないの」

言われてから、ハッとして店長を見る。まるで、二頭の野生動物が森の中でばったり出くわしたようだった。お互い、相手の目を見続けたままそらさない。

先に降参したのは、店長だった。

「それよりあなた、お名前は？」

「ヨシコです」

「あらっ、かわいいわねぇ」

私は、店長の反応にびっくりし、思わず顔を見つめ返した。

「初めて言われました」

私は正直に打ち明けた。

「えーっ、どうして？　素敵なお名前じゃないの？　ヨシコなんて、羨ましいわ。どういう字を書くの？」

「美しいに、子どもの子です」

「あらぁ、いいじゃないの。あなたに、ぴったり！　最後に子が付く名前は、どれもかわいくて、羨ましいのよ、私」

店長は、両手の指を交互に絡めて胸の前に組み、また腰をくねらせる。

「店長は？」

「あら、あなたにさっき名乗ったじゃないの。私は、おかまの早苗ちゃんよ」

「ご本名ですか？」

「そうなの。将来、この子はおかまになるって、両親も予感してたのかしらね？　どっちでもアリな名前だから、楽と言えば楽なんだけど」

店長はしれっと言った。それから、

「せっかくダリアが連れて来たお客さんだから、お茶でも淹れようかしら？　あの子、しょっちゅう人間を拾ってくるの。捨て犬を見ると、拾わずにはいられない子どもみたいな子なのよ。あら、ごめんなさいね。このおかま、口が悪くて」

店長はそう言って肩を上げる。

「いいえ」

私は短く答えた。決して気分を害しているのではないということを伝えるために、意識して微笑んでみる。すると、

「笑いたくない時に、無理に笑うのもおやめなさい」

店長がまたぴしゃりと言った。そして、言った後すぐに、

「私ったら、またごめんなさいねぇ。ここで働く子と、すっかり勘違いしちゃったもんだから。それより、あなた、お茶がいい？　それとも、コーヒー？　暑かったら、冷たい麦茶もあるけど」

「コーヒーが」

私は、反射的にそう答えた。コーヒーも、七味唐辛子同様、妊娠がわかってからはずっと好きなのに飲んでいなかった。今なら、飲めるかもしれない。

「わかった、じゃあ、おかまの早苗ちゃんが、今、とびっきり美味しいコーヒーを、ヨシコちゃんのために淹れてあげるわねっ」

店長が、はつらつとした声で告げる。それから、私に思いっきり顔をひきつらせて、ウィンクした。

私は、テーブルの上をきれいに片付けた。盥を持って奥の方に入って行くと、店長がコーヒー豆を手動のミルに入れて回している。ゴリゴリと音がして、そこから、深煎り豆の香ばしい香りが漂ってくる。

「本格的なんですね」

真剣な眼差しを浮かべる店長の横顔に声をかけると、店長の顔がパッと輝いて、

「これも、公園に捨ててあったのー。ひどいわよね、まだ使えるのに、どんどん捨てちゃうんだから。まぁ、私みたいなのが、その恩恵を被っているからいいんだけど」

あっけらかんと言い放った。

私は、人も通れないような狭いキッチンスペースの入り口にぼんやり立って、店長の所作を眺めていた。パチパチと、不定期についたり消えたりする蛍光灯の明かりの下で、店長はミルの取っ手をぐるぐる回して、豆を挽いている。その近くでは、電熱器の上でヤカンに入れたお湯を沸かしている。ささやかな作り棚には、ネルのフィルターやポット、サーバーなども揃っている。

今住んでいる建て売り住宅のキッチンも決して広いとは言えないけれど、そういう狭さとは規模が違う狭さだった。壁に挟まれ、身動きが取れないような気持ちになる。

コーヒー豆を挽き終わると、店長はちょうど沸騰したヤカンのお湯で、ネルを濡らした。ポタポタと、流し台にお湯が落ちる。

「これ、どこで買ったか知ってる？」

店長がネルにお湯をかけながら質問するので、

「拾ってきたんじゃないんですか？」

私は言った。

「私が何でもかんでも拾ってくると思ったら、大間違いなんだから」

気分を害したのか、店長がほっぺたを大きく膨らます。私は、またうっかり、ごめんなさい、と言いそうになって、止めた。それから店長はネルの水気を落とし、ポットの上にセットした。店長が、ヤカンに入っている熱湯をサーバーの方へと移動させる。その一連の動作が、なめらかで美しく、しみじみと見入ってしまう。

「今、私に見とれてなかった？」

すべての準備を整え、後はコーヒー豆にお湯を注ぐだけになった時、店長が私を見てにやっと笑う。図星だったので、私はなんと答えたらいいのかわからなかった。店長といると、まるで自分の感情がレントゲンですべて見られているような気持ちになる。返事に困り、

「どうしてわかるんですか？」

と尋ねた。

「ヨシコちゃんって、正直な子ねぇ」

店長が、喉仏を突き出して豪快に笑う。

「今、コーヒー運んで行くから、そっちで待ってて。あ、そこに洗ってあるカップをふたつ、持ってってちょうだい。ミルクとお砂糖も、必要だったら冷蔵庫開けて、持ってってくれ

る？」

「ありがとうございます」

私は言って、ようやくその場を離れた。薄暗い場所にいたせいか、さっきダリアさんとうどんを食べた空間がものすごく明るくて開放的に感じられ、私は一瞬めまいを覚えた。

「おまたせ」

数分後、店長が淹れたてのコーヒーを持ってきてくれる。

私は店長と向かい合い、コーヒーカップに口を付けた。窓の向こうには、穏やかな秋の空が広がっている。夏には私の手にコウちゃんが抱かれていたのに、たったひとつ季節が前に進んだだけで、もういないなんて。

すると、店長が眩しそうに窓の方を振り向いて、

「今日は晴れてるから暇なのよ」

と、それほど残念そうでもなく言った。

「晴れると、暇になるんですか？」

「そう。ウチはね、雨が降ると、お客さん、どーっと来るの。やっぱり雨って、人恋しさを呼ぶのかしらね？　こんなに晴れたんじゃ、商売あがったりだわ。でも今日は、あなたと一緒にこうしてコーヒー飲むことができたから、幸せね。お天道様に、感謝しなくちゃ。私、

ウチの子達からお喋りだって言われるけれど、そんなにお喋りかしら？　うるさかったら、遠慮なく言ってね。ここの左の肩甲骨の裏っ側にスイッチがあるの。そこをオフにしてくれたら、私、いつだって口をつぐむから」

店長が、さらりと冗談を言う。

「大丈夫です」

私が答えると、

「あら、やっぱりあなた、正直だわ」

店長が言った。それから、店長とふたりでクスクスと笑い合った。

さらさらと、穏やかな風が吹いてくる。ここには、私を知っている人が誰もいない。私の身に何があったかを詮索しようとする人もいない。そのことが、何よりも私にとっては、居心地がよかった。

「店長さんは、ハンサムですね」

私はコーヒーを啜りながら、さっき思ったことを口にする。べっとりと顔に塗ってあるファンデーションやチークや口紅やアイシャドウやつけ睫《まつげ》を全部落とした姿を想像すると、なかなか男前の渋い顔になる。

「あらやだ、おかまに向かってハンサムだなんて。それに、あなたはここで働いてるわけじやないんだから、店長なんて呼ばなくていいのよ。おかまの早苗ちゃんって呼んでくれたらいいの」

「じゃあ、早苗さん」

「じゃあは余計ね」

「では、早苗さん」

「何かしら？」

早苗さんはそう言うと、小指をピンと立てて、すました表情を作った。

「ここにいると、落ち着きますね」

さっきから、ずっと感じていたことだった。

「あら嬉しい！」

早苗さんは、いきなり両手を前に伸ばして私のことを抱きしめた。もともとの男性的な汗臭い匂いと、女性独特の香水の匂いがこれでもかというほど混ざり合い、早苗さんの周りは独特の匂いを醸している。

お互いに体を離してから、早苗さんは少ししんみりとして言った。

「あることがあってね」

たったそれだけを言っただけなのに、早苗さんはすでに涙ぐんでいる。けれど、勇気を振り絞るように、言葉を続けた。

「私、もう生きるのがすべて嫌になったの。死んで、生まれ変わりたい、って思ったのよ。だけど、私が命を無駄にするような真似、できないじゃない。そうしたら、私は地獄に堕ちて、天国にいる息子とは二度と会えない、って思ったの。

だから、私どうしても、死んだら天国に行って、もう一度息子に会いたいの。それで、家族をやり直したいの。

こんなおかしな商売してるけど、これはこれで、私にとっては、人助けのつもりなのよ。人によっては、風俗だとか、宗教だとか、今流行りの癒しだとか言う人がいるけど、私にしちゃあ、どれでもないの。必要とする人と、必要とされる人がいる。ここはその、仲介役みたいな所なの。

あら、私ったらまた喋りすぎちゃったみたい」

早苗さんは言い、慌てて両方のめじりをぬぐった。ちょうどその時、ブザーが鳴った。

「あら、お客さんだわ。ヨシコちゃん、ちょっと失礼。お暇だったら、この辺の本とか、勝手に読んでていいからね。私、ちょっと行ってくるわ」

早苗さんは、内股で腰を左右に動かしながらその場所を離れる。私は残りのコーヒーをグッと一気に飲み干した。まだ、胸に早苗さんの言葉がじーんと響いていた。それは、湖の上を吹く一陣の風のように、私の心のどこかを波立たせた。自分でもはっきりと理由を説明できないまま、左目から、涙がツーっと下りてきた。

その日、途中までダリアさんと一緒に帰った。

「ありがとうございます」

商店街を抜け、少し静かになった所で私がお礼を伝えると、

「なんだか、あんたみたいな子を見つけると、私、放っておけなくなっちゃって。おせっかいなんだろうけどさ、こういうのって、匂いでわかるんだよね」

「匂い?」

「そう。どうしようもない悲しみを抱えている人、独特の空気感っていうのかな?」

「わかるんですか?」

「そりゃ、わかるわよ」

ダリアさんは、自信満々な様子で胸を張る。

ダリアさんが今日私を連れて行ってくれたのは、「おっぱいの森」という場所だった。帰り際に、早苗さんが名刺を渡してくれたのだ。私はその名刺を、さっきからスウェットパンツのポケットの中で触っている。よく考えると、夜明け前に家を飛び出して、そのままなの

だ。そう思ったら、疲れがどっと出るのがわかった。

「私、スーパーに寄ってくから」

途中、ダリアさんはそう言うと、遊歩道を左に曲がった。出会いが突然なら、別れも突然だった。私はしばらく立ち止まってダリアさんの後ろ姿を見送った。決してスタイルがいいとは言えないけれど、包容力がある。ダリアさんは一度も私の方を振り返ることなく、まっすぐにスーパーの方へ歩いて行った。私も、ダリアさんの姿が見えなくなったのを確認してから、家へ向かった。

結局、私には帰る場所がここしかない。そう思ったら、絶望的な気持ちになる。

鍵を持たずに飛び出したから家に入れないかもしれない、そう思っていたら、いつも合い鍵を隠しておく場所に、夫が入れておいてくれたらしい。私はその鍵を使って家の玄関のドアを開け、誰もいないのに、ただいま、と言いながら靴を脱ぐ。この家の真新しい匂いに、また、息が止まりそうになる。

食事は自分の分だけ用意して、ひとりで食べる。あのことがあって以来、夫は外で食べてくれるようになった。

食後、私はいつの間にかソファで寝てしまったらしい。知らないうちに帰宅した夫が、私の体にバスタオルをかけてくれていた。

それでもすぐに、胸の痛みで目が覚めてしまう。

私はソファから起き上がり、キッチンへ向かった。それから胸元をさらけ出し、母乳を流しに絞り出した。

コウちゃんが突然いなくなってからも、私の体はこうしてコウちゃんへの母乳を用意し続けている。皮肉なことに、コウちゃんが飲んでくれた頃よりも、もっともっと、出がよくなった。私は毎晩、誰にも飲まれない母乳を、流しの中にひとりで絞り出す。あまりにも突然の出来事に、泣くことすら忘れていた私の、これは涙の代わりなのかもしれない。

ベビーベッドにコウちゃんの姿がなくなり、コウちゃんの一部だった骨が片手で摑めるほどの小ささになって戻ってきてからも、乳房は腫れたように膨らんだまま、まっ白い液体を出し続けた。

翌日、私はひとりで昨日の雑居ビルへと出向いた。時間帯によるのか、今日は人工の小川のほとりに設けられた噴水から、勢いよく水が噴き出している。それが、光を受けてキラキラと光っていた。私は、しばらく立ち止まってそれを眺めた。まだ幼い子ども達が、歓声をあげて水の中を遊び回っている。つい、その中にコウちゃんの姿を探してしまう。

私は、早苗さんの言葉を思い出しながら、再度、駅を目指して歩き始めた。昨日はダリアさんの肩に顔を埋めていたのであまり気づかなかったけれど、おっぱいの森が入っている雑居ビルの一階は本屋で、私は以前、そこで育児書を買ったことがあった。その時におばさんにかけられた優しい言葉を思い出して、胸がいっぱいになる。

二階にある不動産屋も、夫と物件を探していた時期、中にまでは入らないけれど、ガラスに貼ってある張り紙を見たことがあった。そんなことを思い出しながら、私はおっぱいの森へと続く細い階段を、ゆっくりと一歩ずつ上っていく。

私がドアをコンコンとノックして昨日の通用口から入って行くと、まだ開店前なのか、早苗さんはタイトスカートを穿いた足を大きく広げてスポーツ新聞を読んでいた。私は、その光景にクスッと笑い出しそうになりながらも、早苗さんの目をまっすぐに見て伝えた。

「私を、ここで働かせてください」

自分でも聞いたことがないくらい、芯のある、しっかりとした声が出た。おなかから声を出したのは、随分久しぶりだった。

「気の済むまで、働いたらいいわよ」

早苗さんはスポーツ新聞を広げたまま、あっさりと承諾した。

「ヨシコちゃん、明日からでもいいし、それとも今日からでもやってみる？」

おっぱいの森には、大きく分けると三種類の部屋が存在する。

ひとつは、「控え室」。ここは、私が最初に入ってダリアさんとうどんを食べた部屋だ。主に店長が使っているけれど、働いている女の人達が荷物を置いたり休憩を取ったりするのも、この部屋だ。

そして次に「森」と呼ばれる部屋がある。ここには、その時在中してセッションが可能な女の人達の胸元の写真が貼ってある。お客はここで、相手を選ぶことになる。

あとは、「個室」と呼ばれる、具体的にセッションをするための小部屋がいくつか連なる。小部屋と言ってもカーテンで仕切られているだけなので、隣の個室の様子もなんとなく伝わってくる。

開店前に店長が案内してくれたけれど、密室という雰囲気はなく、どちらかというと、病院やデパートの中にある授乳室といった感じで、個室それぞれには窓がついていて、カーテンをめくれば外の景色も見ることができる。カーテンは、薄いナイロン製のクリーム色だ。

私は、私よりも少し遅れて来たダリアさんに胸元の写真を撮ってもらった。本当は店長がやる仕事なのだけれど、店長なりに気を遣ってくれたのかもしれない。その代わり、店長は私に源氏名を付けてくれた。おっぱいの森で、私はサクラという名前になった。

昨日と同じように店長にうどんを頼み出来上がるのを待っていると、少しずつ女の人達が出勤する。若い人が多いのかと思ったらそうでもなく、一番若くて大学生、年配の人は六十代の女性もいるという。みんな、そんなふうには見えなかった。

見知らぬ人が入って来るたびに、店長は、今日からここで働くことになったサクラちゃん、と私のことを紹介した。けれど、誰一人向こうから名乗る訳でもなく、軽く挨拶を済ませると、自分の持ってきたお弁当やコンビニで買ってきたサンドイッチをむしゃむしゃと食べ始める。

「セッションすると、おなかが空くのよ」

うどんを食べ終え、今日は自分のお財布から百円を払うと、隣にいた痩せた女性が、自分の食べていたお菓子を私の方に差し出した。私は、消え入りそうな声で、ありがとう、と伝えた。四角いビスケットの間にクリームがサンドしてある、私が子どもの頃からある馴染みのお菓子だった。

ぼんやりしてビスケットを齧《かじ》っていると、ぼちぼちお客がやって来て、相手が決まったことを知らせるブザーが鳴る。お客は、私達が出入りする通用口とは別の、もう少し立派なドアから入って来る。

みんな、てきぱきと服を脱ぎ、裸になった上から、Vネックのセーターや前にボタンがついたカーディガンなどを羽織って個室に向かう。ほとんどの人が、下には生地の柔らかそうなパンツやスカートを身につけている。店長が、控え室を慌ただしく出入りする。あっという間に全員がいなくなって、私は手持ち無沙汰になり、テーブルの上を片付けていた。

すると、店長が、

「サクラちゃーん」

と、間延びした声で呼びながら控え室に現れた。

私は自分がここではサクラになったことをすっかり忘れてしまい、一瞬、別の人を呼びに来たのかと思ってしまった。けれど、ぽんぽんと店長に肩を叩かれ、ハッとした。

「ご指名、かかったわよ」

店長が、嬉しそうに私の耳元で囁く。

ゴクリ、と思わず口の中に溜まっていた唾を飲み込んだ。

「大丈夫。肩の力を抜いて。お客さん、常連の人だから。安心して」

私は、気持ちを落ち着けようと、ゆっくりとハンカチで手を拭いた。それから、さっきみんなが上半身裸になっていたのを思い出し、控え室の片隅でブラウスのボタンを外す。前にかがみ込んでブラジャーのホックも外してしまうと、急に無防備になったようで心許《こころもと》ない。

「これ」

と言って店長が、自分が着ていた薄手の白いカーディガンをその場で脱いで貸してくれた。

そして、不安そうな私の顔を見てウィンクする。私は、ぐっとおなかに力を入れた。いよいよ、勝負の時がやって来たのだ。店長の後に続き、控え室の外に出る。

個室には、座布団とクッションが置いてあった。私は座布団の上に座って相手を待つ。これまで、結婚前に付き合っていた数人の男性と、夫とコウちゃんにしか、そういうことはされたことがない。本当にうまくできるのか不安で体を硬くしていると、店長に手を引かれて高校生の男の子が入ってきた。ヘアバンドのようなもので目隠しをしているので、私の姿は見えない仕組みになっている。

男の子は、黒い制服のズボンに白い半袖のYシャツを着て、たどたどしい足取りで、私の側《そば》へとやって来る。男の子の手を離すと、店長はまた私にウィンクした。そして、何かあったら呼んで、というメッセージを身振り手振りで私に伝え、個室のカーテンを中途半端に閉めていく。

「よろしくお願いします」

私はそう言って、その場で丁寧に頭を下げた。

男の子にはすでに決まったポーズがあるらしく、私を、決して乱暴にではなく両手で導く。私は、男の子の望む通りに体勢を作った。座っている私の太ももに頭を乗せ、私が前かがみになると、ちょうど私の乳首が男の子の口元に当たる。男の子は、そのまま私の乳首に吸い付いた。

その瞬間、私はコウちゃんのことを思い出した。

コウちゃんは、今にも壊れそうな頼りない体でこの世に誕生した。そして、生まれて初めて口にした食べ物が、私の母乳だった。まだはっきりと見えない目で、それでもなんとか私の乳首を探し当て、きゅっとしゃぶりついた時の、なんともいえない尊い気持ち。その時、私の世界が一段と明度を増した。私は、コウちゃんの体をおっかなびっくり支えながら、コウちゃんにお乳を含ませた。眠っているような表情で、それでも口だけは必死に動かし、コウちゃんはごくごくと母乳を飲んでくれた。幸せで、幸せすぎて、私は何度も泣きたくなった。

その時の気持ちが、甦った。

来る日も来る日も、コウちゃんは私の母乳を飲み続けた。一ヶ月が経ち二ヶ月が経ち、コウちゃんの体は少しずつ大きくなる。だんだんと、命の色が濃度を増していくようだった。生まれた瞬間は、細くて頼りなかった小さい手足も、ふくふくとして逞《たくま》しくなった。そのすべてが私からできていると思うと、私はなんとも誇らしい気持ちになった。

百パーセント、ヨシコだね。

夫は、ずっしりと重たくなったコウちゃんを胸に抱えるたび、そんなことを言った。

私の乳房は、今でもコウちゃんへのお乳を用意し続けている。そのせいで、毎日きりきりと痛むほどに胸が張ってしまう。どうしようもない母乳を、私はキッチンの流しに捨ててきた。けれど、こうしていれば、母乳を誰かの役に立てることができる。そのことが、救いだった。

目を閉じて高校生の男の子に乳首を吸われていると、だんだん頭の中が白く染まっていくのを感じる。最初は力加減がわからなくてうまく吸えないで苦労している様子だったけれど、次第にコツをつかんで、上手に吸ってくれるようになった。セッションの時間は一回三十分と決まっているので、十五分経ったところで、左右の乳首を交換する。吸われた方の乳房は、張っていたのが引いて、だいぶ楽になっている。

その日は、もう一度指名がかかって、私は合計二回のセッションをした。

帰り際に店長が、

「どうだった？」

と様子を聞くので、どう答えたらいいかわからず、

「また来ます」

とだけ返事をする。

おっぱいの森を出て商店街をひとりで歩いていると、後ろから、待ってー、と声をかけられた。

振り向くと、髪を振り乱して自転車を漕ぐダリアさんだった。

「お疲れ様です」

私はその場に立ち止まって、軽く微笑んだ。西の空に、見事なまでの赤い夕焼け空が広がっている。そのせいで、ダリアさんの顔も濃いピンク色に見える。ダリアさんは、自転車から降りると、私の左隣に立って一緒に歩き始めた。

「本当に、働くの？」

ダリアさんが、私の顔を覗《のぞ》き込んで尋ねた。

「やってみようと思ってます」

夕陽を見つめたまま、答えた。

「私が強引に変な場所に連れてっちゃったんじゃないかって、今日、ちょっと心配してたんだけど」

「そんなことないですよ」

私はきっぱりとした口調で言った。

「私、一月ちょっと前に、人生のどん底を経験したんです。だからもう、失うものなんて何もないんですよ。そこから脱出できることだったら、何だってやりたいんです。それに」

私はそこで口ごもった。

「それに？」

ダリアさんが繰り返す。

「それに、なんだか今日、セッションしている時に、悪くないかも、って思えたんです。私も、誰かの役に立ててるんだったら、こういうことでもいいんじゃないかな、って」

「それならいいけど」

ダリアさんは言った。それから、私が今日初めて相手をした男の子の話をした。

「あの子、高校で生徒会長をしているのよ」

「そうなんですか？　確かに、見た目も格好いいし、服装もちゃんとしているし、女の子にだってモテそうだし、なんでこんな所に来るんだろう、って不思議だったんですけど」

「ウチの息子と、同級生でね。小さい頃、お母さんがあの子を置いて出て行っちゃったのよ。お父さんが、まだ乳飲み子だったあの子を保育園に入れて、男手ひとつでがんばって育ててたんだけど。どうしても粉ミルクを飲まなくなっちゃって。それで、私が代わりにあげるっていうんで、赤ん坊の頃から、あそこに通っててさ。普段は立派な少年なんだけど、やっぱりお母さんが恋しくなっちゃうのか、たまにああして、セッションしに来るのよ」

子どもを捨てるくらいなら、私にくれればよかったのに。私はあり得ないことを思った。

「だから、いろんな人が来るけど、みんな、それぞれに何かを抱えているのよね」

ダリアさんがそう言った時、私達はちょうど昨日出会ったベンチの脇を通り過ぎたところだった。

「ありがとうございました」

私が言うと、

「これからも、わからないことがあったら、何でも相談してね」

ダリアさんは明るく言った。そして、

「私、これから保育園に娘を迎えに行かなくちゃいけないから、ちょっと先に急ぐわね」

と言って、ペダルに足をかけて自転車を走らせた。

「さようなら」

私はダリアさんのふくよかな背中に声をかける。ダリアさんは、片手で自転車のハンドルを握ったまま、もう一方の手をひらひらと振った。

夕陽が沈み、空には不気味な赤黒い色が広がっている。

「コウちゃん」

私は空を見上げ、そっと息子の名前を呼びかけた。

私は、少しずつおっぱいの森に馴染んでいった。

最初は緊張して体を強張《こわば》らせていたけれど、だんだん肩の力を抜くコツを覚え、リラックスして集中できるようになった。そうすると、相手もそれを感じるのか、最初の頃よりも短時間で満足してくれる。少し矛盾してしまうけれど、私はいいセッションができた時、あともう少しでいいからこのまま続けていたい、とさえ感じた。

そしてそういうセッションの時、私は決まってコウちゃんのことを思い出した。

夕方、開け放った窓から夕陽が見える。一瞬、自分が誰なのかも忘れてしまう。心地よい波に体をあずけ、世界の平和すぎる海原に手足を投げ出し、たゆたっている。

ふと気がついて目を開けると、あれ、コウちゃんいつのまにかこんなに大きくなっちゃって、と思う。知らない男の人が、一瞬だけ本物のコウちゃんにすり替わる。

私はもう一度目をしっかりと閉じて、コウちゃん、と呼びかける。それから再びゆっくりと目を開け、現実を受けとめる。

目の前にいるのは、高校生の男の子だったり、サラリーマンだったり、おじいちゃんだったりする。中には女性のお客もいる。みんな、生きることに必死なのだ。切実な思いで、私の乳首に吸い付いてくる。

その日は、天気予報が大きく外れて、夕方から雷雨になった。

ピカッと光った数秒後には、バリバリバリバリと生木を剝がすような音がして、雷が落ちる。雑居ビル全体が揺れているように感じるほどの、激しい雨だった。

私はセッションの途中だった。つい数十分前までは青空が広がっていたので、電気もつけていない。個室は、まだ五時前だというのに、夜のように暗くなっている。開け放った窓から も、容赦なく横殴りの雨が吹き込んでくる。私はセッションを続けたまま、片手を伸ばして窓を閉めた。

その時、視界の下の方に、赤い傘が見えた。よく見ると女の子だった。バケツをひっくり返したような大雨の中、時々空を見上げて、何かを必死に探している。なんとなく、見覚えがある顔だった。けれど、誰だかは思い出せなかった。紺色の長靴を履き、手にはもう一本大人用の傘を握りしめている。誰かを迎えに来たのだろうか？　一階の本屋で雨宿りしながら待てばいいものを、大雨の降る中、動かずにずっと立っている。

すると、雑居ビルの入り口から、店長が外に飛び出す姿が見えた。あれ？　と思っていると、店長は傘も持たずに女の子のそばに近寄って、何かを話している。女の子は、店長の話を聞き終えると、踵《きびす》を返して、商店街の方へ向けて歩き始めた。店長も、再び雑居ビルの中に逃げ込む。

また、眩しいほどに強く稲妻が走った。一瞬だけ、真昼のような明るさになる。私は、向き直ってセッションに集中した。頭髪の薄くなった丸顔の男性が、私の乳首を音を立ててしゃぶっている。口の端から零《こぼ》れている母乳を、私はそっとガーゼのハンカチで拭き取った。

こんなことをされても、不思議と、性的なものを感じないのだ。それは、お客である相手も同じらしかった。おっぱいの森では、乳首を嚙んだり、痛いくらいに強く吸ったり、舌で舐めまわしたりする行為は禁止されている。もちろん、手を使って乳房に触れたり、というのも御法度だ。そういう人はそういう所に行けばいいだけの話、というのが店長の持論で、その言葉通り、おっぱいの森にやって来るお客も、ほとんどの人がそれを心得ている。

そうしていると、つかの間、私は自分の体が、森のようになるのを感じる。無尽蔵に何かを与え続ける、深い森だ。あっ、きた、と気づいた時にはすでにそれが去った後だから、いくらもう一度呼び戻そうと思っても、それはできない。くすぐったさも痒《かゆ》さもなくなって、その一瞬は、本当に体も心もとろりと溶けて透明になる。私と、お客が一体になる。そんな時は、悲しみではない涙が、じんわりと体の奥の方から溢れてくる。

その日は、まさにそういうセッションだった。

セッションが終わる頃、すっかり雨が止んでいた。また、急に空が明るくなる。

私は、遠くの空に、はっきりと虹がかかっているのを見つけた。高台にある横長の古いマンションを取り囲むように、二重に虹ができている。町全体が、水浴びをしたようにキラキラと輝いている。

私は、道行く人全員に、大声で虹ができていることを知らせたいような気持ちになった。こんなにはっきり見えるのに、気づいている人はほとんどいないのが、じれったかった。

「外に出たら、空を見上げてみてください」

個室を出る時、私はさっきまで私の乳首にしゃぶりついていたお客に言った。お客は、目隠しをしたまま、それには何も答えなかった。それでも、来た時よりも少し顔の表情が明るくなっている。私は、そのことをほんの少し嬉しく思い、控え室へと戻った。控え室に戻ってからもう一度虹を探すと、すでに虹はなくなっていた。

本当に一瞬の出来事だった。私はまぶたを閉じて、もう一度、虹の輪郭を思い起こした。

帰りがけ、久しぶりにダリアさんと一緒になる。一通りの世間話が終わってから、私はダリアさんにそれとなく尋ねた。

「店長って、お嬢さんがいらっしゃるんですかね?」

「娘? 聞いたことないけど。どうして?」

「いや、今日の大雨の時、店長が表で待っている女の子と、親しそうに話をしていたから」

「あぁ、あの子。向日葵《ひまわり》の娘だよ」

「向日葵？」

私は、聞き慣れない名前に、ダリアさんの言葉をオウム返しに繰り返した。

「あれ、まだ向日葵と会ったことなかったっけ？」

「どんな方ですか？」

「ほら、瘦せてて、手首にいっぱい」

とダリアさんが言ったところで、すぐにわかった。

「手首にいっぱい切り傷がある人」

私はゆっくりと落ち着いた声で言った。記憶が曖昧だけれど、私がおっぱいの森で働くようになった最初の日、私にお菓子をくれた人ではないかと思い当たった。

「向日葵はひとりであの子を育ててるんだけど、おっぱいの森で働いてるってことは隠してて、ウチの下に不動産屋があるでしょ。あそこで、事務をやってることになってんのよ。それで、たまに雨が降ると、ああやって母親を迎えに来るの。店長になついててさ、向日葵がまだ仕事で出られない時は、遅くなるから家に帰すようにしてんだって」

「あの人、向日葵さんって言うんだ」

「私が一番の古株だけど、あの子も、かなり初期の頃から働いてるよ。多分、サクラちゃんと年が近いんじゃないかなぁ？」

　ダリアさんは言った。彼女の面影を思い浮かべても、どうしても向日葵という源氏名には結びつかなかった。顔の表情も、うまく思い出せない。

「そうなんですね」

　私はぼんやりと空を見上げて答えた。ぽつぽつと、星が出ている。

「うわぁ、もうこんな時間。私、お迎えに行かなくちゃ！」

　ダリアさんは、突然母親の表情になって口走る。

「また明日」

　私はダリアさんの背中に声をかけ、暗闇に沈む大きな背中を見送った。

　気がつくと、季節はすでに晩秋だった。そろそろ、セーターやマフラーを出さなくては過ごせない。ポプラ並木の葉っぱ達が、うっすらと色づき始めている。夏のあの日にコウちゃんを葬ったまま、季節は淡々と前へ進んでいく。

　あの日、昼間の最高気温は三十五度を超えていた。コウちゃんは、クーラーをかけるとすぐに泣き出す赤ん坊だった。私は、汗でびっしょりになりながらも、窓を全開にしてコウちゃんにお乳を含ませていた。

コウちゃんは、ほぼ一時間置きにおっぱいを欲しがる。夜中も同じような感じで、私は慢性の寝不足を感じていた。普段、休む時は扇風機を止めていたのだけれど、ついうとうととしてしまい、うっかり扇風機のスイッチを切り忘れた。私は、コウちゃんと一緒に布団の上に横たわり、そのまま眠った。夫は、残業があり、まだ帰っていなかった。

いつもなら夜泣きするのに、コウちゃんがぐっすり眠っている。私は、久しぶりに体を休めることができた。心の中でコウちゃんを、何度も、いい子、いい子と褒めていた。

明け方近くになって夫が帰ってきた時、すでにコウちゃんは息をしていなかった。何が起きたのか、さっぱりわからなかった。慌てて救急車を呼んだことまでは覚えているけれど、気がつけばコウちゃんの骨がちいさな骨壺に入れられていた。

その間、私はずっと謝罪の言葉を口にしていたという。まるで、それしか言えない蟬のように、とにかくずっと謝り続けた。夫にも、両親にも、義理の両親にも、そしてコウちゃん本人にも。

何がいけなかったのか。ずっとそのことばかり考えてしまう。

私のせいではない、と言われれば言われるほど、暗に責められているような気持ちになる。知り合いに慰められれば慰められるほど、空《むな》しさでいっぱいになる。

私は眠るのが怖くなった。

いつも、半分だけ目が覚めているようで、中途半端にしか眠れない。

やがて、人工の小川には、薄氷がはった。

遊歩道のポプラ並木は、すっかり葉っぱを落として寒々しい。足元には、黄色の絨毯《じゅうたん》が広がっている。コウちゃんと手を繋いで歩きたかった黄色の絨毯を、私はコートの前をかき合わせて、白い息を吐きながら、たったひとりで歩いている。

おっぱいの森のドアを開ける瞬間だけが、私を唯一安らぎへと導いてくれた。


十二月二十四日。

町は、クリスマスで賑わっている。

いつも通り昼前におっぱいの森に行くと、店長が、今日は特別よ、と言って、みんなに焼き鳥を振る舞ってくれた。その日はまた、私が最初にセッションをした高校生の男の子がやって来た。

夕方、仕事を終えて家に帰ると、玄関に明かりが灯《とも》っている。不思議に思って鍵を開けて中に入ると、夫が先に帰宅して部屋を暖めてくれていた。リビングの一角に、クリスマスツリーが飾ってある。去年、コウちゃんのためにと思い、ふたりでホームセンターに行って買ってきたのだ。もみの木には、白い綿やオーナメントが飾られ、赤や黄色や青の明かりがちかちかと瞬いている。

「おかえり」

夫は言った。

テーブルには、デパートの地下で買い揃えてきたらしい鳥の丸焼きやパテ、サラダなどが置かれている。今日は、私達の結婚記念日でもある。絶対に忘れない日にしようと、クリスマス・イブの日を選んだ。ちょうど二年前に、私達は入籍して夫婦になった。

「どうしたの？」

自分でも、冷たい声が出てびっくりする。あれ以来、夫とは寝室も別にして、極端に接触を避けてきた。

「クリスマスだから。それに、結婚記念日だし」

夫は、頼りない声で呟《つぶや》いた。

「冷蔵庫に、クリスマスケーキも買ってきてあるよ」

私はその言葉を聞いた瞬間、どっと疲れが出てソファにばたんと座り込んだ。

「どうしてなの……」

大きな感情の塊が、体の底から押し寄せてくる。

「どうしてって？」

夫がきょとんとした顔をして、私を見る。

「だから、どうしてクリスマスツリーなんか出てるのか、って聞いてるの！」

夫は俯《うつむ》いたまま何も言わない。

「コウちゃんがいないのに、なんでこんなもの出して喜んでる訳？」

私は体中の力を振り絞って叫んだ。

しばらく間があってから、夫は答えた。

「コウが、喜ぶかと思って……」

それから、小さな声で、ごめん、と謝った。

「もう寝る」

私は立ち上がった。

「ちょっと待ってよ」

夫が私の前に立ちはだかる。

「もう、私、本当に疲れた。あなたと一緒に暮らすのも、無理だと思う」

「何それ……」

そう言ったきり、夫はがっくりと肩を落とした。

「別れましょう」

もうずっと前から、そうしようと思っていた。言うタイミングが見いだせなくて、黙っていたのだ。けれど、今日がいい区切りかもしれない。すると、

「どうして、幸せになる道を探さないの？」

夫が、顔を真っ赤にして訴えてくる。

「じゃあ、あなたはどうやって、幸せになれって言うの？　私は、もうすべて忘れた。自分がどんなふうにこれまで笑ってきたか、どんなふうに人とお喋りしてきたか、どんなふうにご飯を美味しいって食べてきたか、本当に思い出せないの。何かニュースで不幸なことがあると、全然関係ないことなのに、私が悪かったんじゃないか、って思ってしまう。トラックが横転するのも、子どもが交通事故にあうのも、誰かが山で遭難するのも、全部私のせいだと思っちゃうの。バカだな、って思ってるでしょう。でも、本当なの。毎日毎日、どうしてコウちゃんがあんなことになってしまったんだろう、って考えて、でもどうしても答えが出なくて、眠れなくて、もう生きてるのなんかうんざりなのに、誰も私を殺してくれないのよ！」

「誰も、誰も悪くないよ」

少しして夫は、声を絞り出すように言った。

「コウは、精一杯生きたんだよ。突然死だって、お医者さんも言ってただろ。誰も、美子のせいになんかしてないよ」

「だけどみんな、私をそういう目で見てる!」

「みんなって、誰だよ」

「みんなだってば!」

私は叫んだ。それから、子どものように泣きじゃくった。リビングの一角で、クリスマスツリーの明かりだけが、ちかちかと瞬いている。二年前、こんな結末を、誰が予想しただろう。

夫が静かに私を抱き寄せる。久しぶりに、私は夫の匂いを吸い込んだ。

それから私は、夫におっぱいの森のことを打ち明けた。だから、別れても経済的なことは大丈夫だと伝えた。意志は、変わらなかった。

私達は、テーブルに向かい合い、夫が買ってきた鳥の丸焼きなどをぼそぼそと食べた。やっぱり、味がしない。店長が作ってくれるうどんだけは体に入るのに、それ以外の食べ物は、まるで周囲に棘《とげ》が生えているみたいに、がんばって飲み込まないと、喉の奥に入らない。

私は、とにかく無理やり口に入れた。夫はそんな私を、ただじっと見つめていた。食事が終わって、夫が温かい紅茶を淹れてくれている間、テーブルの下で、左手の薬指にはめていた結婚指輪をそっと抜き取った。


年が明ける。

私は再びおっぱいの森に通い始めた。

年明けの数日間を、ダリアさんは欠勤した。これまで、私とほとんど同じシフトで働いていたから、私は心配になって店長に尋ねた。

「ダリアさん、どうかしたんですか？」

「下の子が、インフルエンザに罹《かか》ったんだって」

店長が、事もなげに言い放った。

「あの子、子どもがいっぱいいるでしょう、だから、大変なのよ」

「何人ですか？」

「五人よ。あら、サクラちゃん知らなかったの？　あの子の旦那って、暴力亭主なの。お酒飲むと、すぐに暴れて。ダリアに何回も別れればって言ったんだけど、そう簡単に気持ちは割り切れないって言うの。男女の仲って、複雑よね。すぐに孕《はら》まされて、挙げ句に暴力ふるうからあの子、何回も流産してるのよ。それでも、情っていうのかしらね。別れられないみたいなの。あら、私またお喋りだって、怒られちゃうわ」

店長は言ってから、女子高生みたいにぺろっと舌を出す。

「暴力ですか」

私の夫は、私に一度も手を上げたことがない。

「ダリアも休んでるし、向日葵も去年で卒業しちゃったし、また新しい子に来てもらわなくちゃね」

「えっ、向日葵さん、卒業したの？」

「あら、知らなかった？　あの子も、子ども産んでから、十年ここで働いたんだけど、もういいって思ったのかもね。沖縄で、強姦されたのよ。だけど、その子を産んで、育ててるの」

「そういえば、店長、娘さんと知り合いなんですよね」

「知り合いなんてもんじゃないわよ。親友。大親友よ。私、あの子が大好きなの。そんな最悪の状況で生まれたのに、ホントにね、太陽みたいに明るくていい子なの」

店長は目を輝かせた。

「それで、向日葵さんはこれからどうするんですか？」

実は、ダリアさんにその名前を聞いてから、私はずっと彼女のことが気になっていた。いつか話してみたい、と思いながら、その機会が得られなかった。

「この下に不動産屋があるでしょう。今年から、本当にそこで働くことにしたって」

「そうなんですか。じゃあ、また会えるかもしれないですね」

「そうね。でもサクラちゃん、あの子とそんなに仲よかった？」

「ちゃんと話したことはないんです。でも、最初にここに来た時、優しくしてもらったから」

「あら、そうだったの。あの子、無口で暗い子だって思われがちだけど、そういうとこ、あるのよね。だからあんなにいい子が、育てられるのよ」

店長は、誇らしげに言った。そして、

「そんなわけで、今、おっぱいの森は人手不足だから、ちょっときついかもしれないけど、がんばって働いてね」

と付け足した。

「がんばります！」

私は元気よく言った。唯一、ここにいる時が、私を楽にしてくれたから、私もその恩返しがしたいと思った。

私は、精一杯働いた。

それでも、私の乳房は次第に張りをなくし、しぼんでいった。コウちゃんのために私の体が用意した母乳は、知らない誰かさんの、血や肉に変わった。あんなに腫れていたのに、もう、乳首をぎゅっと絞るようにしないと、母乳も出なくなってしまっている。

その日、セッションを終えて控え室に行くと、店長が言った。

「サクラちゃん、そろそろ、卒業にする?」

私は驚いて、店長を見つめた。

「いや、通いたいなら、ばーさんになるまで来たっていいのよ。だけどさぁ」

店長はそこで言葉を区切ると、カーテンの生地を少しめくって、下の方を見た。そこには、私を迎えに来た夫の姿があった。夫は、どうやって調べたのか、今年になってから、私の帰りに合わせて迎えに来るようになった。それでも、三階まで上がって来ることはない。仕事の内容を知っているはずなのに、止めろとも言わない。ただじっと私が下りていくのを、一階にある本屋の軒先で待っているのだ。

三月になり、空気は温かくなっている。真冬の頃に較べると、日も随分と長くなった。個室の窓から見える桜の木も、枝先に蕾を膨らませている。

私は、ただぼんやりと突っ立っている夫の姿を、上から眺めた。「の」の字のつむじを見て、それがコウちゃんもそっくり同じだったことを思い出す。愛し合って、やっと授かった命だった。

　窓から下を見る私のそばに来て、店長は柔らかい声で言った。

「サクラちゃん、ここは決して、悲しみの背比べをする場所ではないのよ。ここはね、人生の疲れを癒して生まれ変わる、そういう場所なの。素敵な旦那さんじゃないの。あなたが捨てるなら、私がもらっちゃうわよ」

　そして、私の肩をいつまでも黙って抱いてくれた。


　卒業の日、私は森のドアを静かに開けた。

　懐かしい匂いは、女の人の乳房の匂いだった。角がなく、すべてを包み込むような柔らかい匂い。卒業というのは店長が決めた儀式で、仕事を辞める女の人は皆、ここで自分の好きなおっぱいを選んでいい。それが、店長と、そしてこれまで一緒に働いてきた人達からの、ささやかな餞別ということになる。

　私は、たくさんのおっぱいに囲まれていた。確かに、そこは森のようだった。けれど同じおっぱいなのに、みんな形や大きさ、乳首の色が違う。

　私が選んだのは、ダリアさんのおっぱいだった。個室でセッションをする時に、匂いでわかったのだ。あの日、公園で私を好きなだけ泣かせてくれた、ふくよかな胸。

私はダリアさんのおっぱいに顔を埋めた。目を閉じると、だんだん体が収縮して、小さな赤ん坊に戻っていくようだった。懐かしくて、温かいものがこみ上げてくる。そして、私は何か、とても大事なことを思い出しそうになった。何だっけ？　そう思いながら、ダリアさんの乳首を口に含んだ瞬間、それがわかった。

人は皆、こんな辛い気持ちを味わうために、生まれてきたのではない。私も、コウちゃんも、ダリアさんだって、そう。

本当は世界中のありとあらゆる素敵なエネルギーに祝福されて、にこにこと笑うために生まれてきたのだ。

そう思ったら、ツーっと一筋、涙が流れた。そして、涙と一緒に、私の中に澱《おり》のように残っていた悲しみの塊がまたひとつ、外に出て行った。

「もう、二度と戻って来るんじゃないわよ」

それが、店長からの別れの言葉だった。

「お帰り」

夫が私を出迎える。

「ただいま」

私はたくさんの意味を込めて、その短い言葉を口にする。まるで、長旅から戻ったような心境だった。

夫が差し出した手を、私はゆっくりと包んで歩き出した。

外はまだ、うっすらと明るい。西の空に、細い三日月が浮かんでいる。商店街からは、少し前に流行った歌謡曲が流れている。

何度もダリアさんと一緒に帰った商店街を、私は夫と並んで歩いていた。もう、吐く息は白くない。

「春の匂いがするね」

遊歩道に入ってから、私は夫に言った。

「うん」

夫が短く返事をする。左右に並ぶポプラの梢にも、ぽつぽつとちいさな芽が芽吹いている。歩いているうちに、辺りはだんだんと薄暗くなってきた。街灯の白い明かりが、暗闇にぽっかりと浮かび上がっている。

「怒ってない？」

私はまっすぐと前を見たまま、夫に尋ねた。

「感謝してる」

夫は言った。

「僕に耕助と会わせてくれて、美子に、すごく感謝してる」

「コウちゃん」

「うん」

「いい子だったよね」

「うん」

「もっと一緒にいたかったね」

「うん」

隣を歩く夫が、泣いている。決して涙を見せることのなかった夫が、声を殺して静かに泣いているのだ。つられて、私も泣きそうになる。

人工の小川、ダリアさんと出会ったベンチ、水の止まった噴水。

「やり直そうよ。もう一回ふたりで、最初から」

夫は言った。

「そうだね」

今度は私が短く答える。

いなくなったコウちゃんを、私はずっと探してきた。もう遠い所に行って二度と会えないことに絶望した。けれど、今目の前でくしゃっと笑う夫の中にも、コウちゃんは生きている。

どうか、この悲しみが悲しみのままでは決して終わりませんように。

私は祈るような気持ちで夫の手を取り、家に向かって歩き始めた。

謝辞

海外取材をするにあたり、株式会社風の旅行社の髙嶋達也さん、ブリティッシュ・コロンビア州観光局の鈴木結佳さんには、大変お世話になりました。心からお礼を申し上げます。

恐竜の足跡を追いかけて
サークル　オブ　ライフ
おっぱいの森

２０１１年「ＧＩＮＧＥＲ Ｌ.」冬号
２０１１年「パピルス」39号
２００８年「ラブコト」９月号に掲載
されたものを大幅に加筆したものです。

この作品は二〇一三年二月幻冬舎文庫に所収されたものです。

さようなら、私《わたし》［新装版《しんそうばん》］

小川糸《おがわいと》

令和5年11月10日　初版発行
令和6年11月25日　5版発行

発行人——石原正康
編集人——高部真人
発行所——株式会社幻冬舎
〒151-0051東京都渋谷区千駄ヶ谷4-9-7
電話　03(5411)6222(営業)
　　　03(5411)6211(編集)
公式HP　https://www.gentosha.co.jp/
印刷・製本—株式会社 光邦
装丁者——高橋雅之

幻冬舎文庫

ISBN978-4-344-43328-1　C0193　お-34-21